當代名家

台北車站

蔡素芬◎著

目次

旅途愉快

「明天要去那裡？」
總有一個地方
在等著我們，
如果我們願意去的話。

1

城市的燈光在暮色逐漸籠近時，像波浪一般粼粼的閃動起來，陽光的餘溫未退之際，燈光恰如太陽的投影，無數個不夠清晰的投影，在車水喧嘩中迎向城市的倦容。

疲憊的上班族肩上掛著裝滿隨身用品的背包，隨著公車搖搖晃晃回家，我坐在丈夫開著的車裡，有點無動於衷甚至冷漠的看著公車裡那一張張冷漠的面孔。很久以前，當我從台北車站出來，懷著崇高的人生理想，滿腔熱血趕赴學術戰場當一名夢寐以求的大學生時，公車上迎接我的就是那一張張看不出任何喜怒哀樂的表情。十幾年後，這樣的面孔，沒有改變。我以爲我也會是那樣一張面孔，如果我去搭公車的話。

我不再搭公車了，我開車上班，卻和街上交遇而過的開車族有了同一張緊張、焦慮、不耐的面孔。他們說是因爲塞車、紅綠燈、及那不期然從你車邊冒出的機車和超車者；他們說是因爲在這個城市，時間被踐踏了的緣故。

或許是感到時間被踐踏了吧！我跟丈夫說，我要去旅行。而且，要獨自一人。

他抬頭看我，那時他正在讀一份零買來的與他專業無關的財經報紙，我們有一些錢放在幾張股票上。我照舊收拾桌上的殘肴剩菜，他又低下頭去看報。我說，我計畫好了，去歐洲，很早以前我就想去歐洲了。

我為我的決定感到無比驕傲，確實在很早以前，我對歐洲就有很多浪漫的想像，那時我的男朋友吳和我做著同樣浪漫的夢，他讀建築系，我們攜手走在校園時，他說有天要帶我去歐洲，哪個城市都好。

畢業十五年了，我的歐洲仍只是地圖中的歐洲，和往日那個浪漫大學女生心中的歐洲。有人告訴我，吳在巴黎，那人還給了我一個吳的電話號碼。可是我說不清楚是不是因為吳在巴黎才讓我選擇歐洲，我想，只是因為歐洲本來就是我嚮往的異域吧。

丈夫又看我了，這次他的眼光在我臉上停留許久，好像我的臉上有一張難以操作的股票走勢圖。我們並沒有從股票上獲得多少錢，我們缺乏專業的判斷能力。

第二天，早餐桌旁，他說，找家可靠的旅行社吧。

在車上，他默默無語。儘管車外景像紛紛擾擾，帶著市塵的喧嘩，車內的寂靜卻使浮動的影像成為一部無聲的電影，沒有字幕，不知道電影將把觀眾帶到哪裡去，隨觀眾想像力延伸的意義定義了這部無聲的電影。我們時常那樣，坐在喧鬧的餐廳，無聲的吃著飯；有幾年，我們不再一起看電影了。習以為常使我們自顧自的演著各自的默片。

機場裡嘈雜的人聲預告了分別的急促，但嘈雜也成為分別的幕障，掩飾分別時的侷促不安，使我們說再見時，不必過分慎重。

領隊兼導遊在航空公司櫃檯替團體劃位置，三十幾個即將共遊歐洲的陌生人靠著行李排排站。結伴相遊的人在隊伍間攀談，互相提醒隨身行李，我站在隊伍的尾端，沉默等待團隊的命令。

丈夫站在一旁，他看領隊辦好手續，將護照發還給我們後，就說了那聲急促不夠慎重的再見，「自己多小心一點」，他說，臉色僵硬，好像面對一個執意要逃家的妻子。他走回停車場。我望著他的背影，他忘了祝福我旅途愉快。

過去我無數次從台北車站搭火車或公車進出城市，前面座位的淡黃色椅套永遠寫著紅色的「旅途愉快」，漫長的乘車時間裡，我窮極無聊地數著每個字的筆畫，那已然如標語似的四個字並沒有在旅途中帶來眞的愉快，或許因爲行程太短，或許因爲那段車程只是家和學校、和上班地點必然的聯繫。但年紀漸長，終了解歷經生活的繁瑣後，無論去到多遠，置身什麼情境，愉快是內心裡最渴望的需求，我像個小女孩一樣等待祝福，但是太慣常的用語，卻最容易被忽略。

家裡有兩個小孩，男的讀四年級，女的讀二年級，我安排他們白天待在外婆家，晚上由父親接回。雖是暑假，我不願拖著一兒一女出國旅行，我渴望安靜，渴望一個人。

他消失在自動門扉，一個四十幾歲，臉上漸失生之光采的男人。過去，幾年前，我會在乎他臉上種種憤怒、不滿，甚至冷漠的表情，但現在我刻意的不再過問那種表情，刻意的視若無睹。

候機室的幾部電話都占線，我從皮包掏出電話卡等在一個年輕女生的後面，她輕聲的說著話，似乎在和男朋友道別，掛了那通電話，又撥了一通顯然是給父母的電話。我一邊等著，無事可做，看了一下手錶，已是吃晚飯的時間，帷幕玻璃外已完全漆黑，機場的燈光返照到候機室內，玻璃上映出我的臉，看似平靜，那平靜掩飾了若有所待的神情。

女孩好不容易和父母話別了，在她掛下電話時，我回到擱置行李的座位上，讓下一位等待的人去打電話。我的手指頭撫弄電話卡，這是週末，晚餐時刻，我打到辦公室，尹不可能在，更不可能打到他家。是的，不可能。我想告訴他，我就要上飛機了。這個訊息無法傳遞出去。我選錯了搭機的時間。一個事件的完成，離去的，相逢的，或終止的，時間並不擅長預告。

我望著那電話，期待時間快速流逝以壓抑我想打去尹家聽聽尹的聲音的欲望。旁邊的人都站起來往登機口去，我才意識到剛才已響起登機的廣播，我跟在隊伍後面，將電話卡塞回皮包，要登機了，我再也不必考慮要不要打了。

一對夫妻匆忙來到我後面，男的向女的嘀咕：「叫妳不要買妳偏要，差點趕不上。」

女的說：「還不是趕上了，你小氣什麼。」

男的說：「只要時間算得準，妳愛買什麼就買什麼。」

那男的聲音由著急轉爲溫柔。他們靜默了，我微偏了偏頭，瞥見那女的挽著丈夫的手臂，心滿意足的將整個身子靠近那手臂。那樣幸福的一張臉，比我年輕幾歲，因爲那甜美的笑。我三十八歲了。她應該也有那樣的年紀，但她笑，笑起來年輕。

2

阿姆斯特丹，鬱金香的城市，水手組成的城市，十七世紀城市的水手遠航到南中國海的小島，小島上就有了中荷混血的孩子，有了荷蘭式的建築，在三百年後的二十世紀成爲島民極力保護的古蹟，島嶼的某個地域傳唱著「安平追想曲」，一段歷史滄桑促成兒女情長。無論歷史如何以其火炬燃燒統治權利與慾望，人性底層永遠有一把愛的火炬無畏於侵略的霸權與被侵略的軟弱。時移事往，歷史的火焰偃旗息鼓，人性的火炬反而去印證歷史殘灰了。

全車的人被載到草原，看荷蘭已日漸稀少的風車，我們在風車前留影，河邊的馬路，年輕人騎著腳踏車緩緩行過，和河上的浮萍一樣安靜優閒，急行的汽車破壞了一切寧靜，在田野之中，提醒了文明產物過快的步調違反了自然的緩慢。緩慢，宇宙的形成歷經緩慢的過程，河川從一點雪水開始聚積，而後細流、匯川成洋；恐龍存在過，化石留下來，留了幾百萬年，成了孩童心中神秘崇高的動物圖騰；我們的舉手投足在緩慢的時間過程裡，只像道一閃即逝的光，甚至來不及看見那光所照之處。

那對在免稅商店耽誤了時間的夫婦在風車前留影，當丈夫的來找我替他們拍合照，也許因為我是全團看起來唯一獨遊的人，我肩上掛著相機，只拍景物。替他們拍完後，那丈夫來拉起我的相機，熱情而堅持的替我在風車前拍了照。他的手從我肩上拿走相機時，我就有了對未來的某一種預感，他的太陽眼鏡雖掩飾了他的眼神，但我看到了那對眼神的窺視意味，好像我們曾經見過、識過，而且將持續。那妻子叫他德，他叫他的妻子曼，於是我有了他們兩人的名字。

曼有一張美麗的大眾化臉龐，彷彿在哪裡見過，她也像德那樣，戴著太陽眼鏡，似乎有意的遮掩那對善於表現感情的眼睛，遮掩某一種身分，卻又笑得親切甜美。她的動作有演員的誇張，但她一直緊隨著德，減損了那種誇張應有的光芒。

空氣中飄著乳酪香，如果你仔細聞聞的話，導遊趕著大家上車去參觀乳酪工廠，這個旅途一開始就是拍照存證的過程，我們不必費心了解每一個景點的一草一木、一磚一瓦，我們只在照片上證明曾經去過某個地方，在某種情境下，與那地方有了交集，像照片上呈現的那樣。這使我急切的想找個電話亭，我腦海浮現的吳的身影有些模糊了，但他曾經是照片裡的人，某個印象逐漸模糊的景點。

明天的旅程是巴黎，我們會在那裡過兩夜，然後往瑞士。我原可以選擇全旅程都在巴黎，但我不要那樣，好不容易能出來一趟，我像頭猛獅，急於一口吞盡多年的期待，急於多處瀏覽。我無意爲了吳來巴黎，我以爲我不再刻意去尋找什麼了，我旅行只是爲了旅行。可是既然人在歐洲，在乳酪工廠外面，人家告訴我有個電話可以使用，我就走了過去。我用的是國際電話卡，原來準備打給家人的。撥了電話往巴黎，一面追憶吳的聲音，電話響了十三聲，那是我和他分手後的年數，我掛了電話。十三聲，長得夠證明一個人的缺席。

乳酪香四處彌漫，原有辛苦的擠奶人爲乳酪做最上源的工作，而現在的擠奶工作已經交給鋼製的機器，每頭乳牛站在機器下任機械擠奶器吸空牠的乳汁。再沒有人願意摸黑趕在太陽之前進牛棚擠奶，淳樸的農村日子不再適合這個世紀末，但水手之港以複雜的面貌迎接從二十世紀跨向二十一世紀的旅客，觀光之城既發散鑽石的光芒，也急於向世人呈現傳統的農工藝，那是水手之妻在河流穿梭的街弄裡堅貞守望愛人的帆船歸來的貞潔行業；在另一條街上，排列著以美豔溫情慰勞水手的紅燈女郎，穿著性感內褲和花稍胸衣，立在櫥窗裡屬於自己的那片天地對沿窗而過的男人展露春色。

這個新與舊，淳樸與複雜並存的矛盾之城的某一隅，簡淨的矗立著梵谷美術館，陳列著他的畫、他孤單淒苦的一生、他對窮人的悲憫以及世人對他內心世界的難解。偉大的畫家以他的名字裝飾城市的光華，多少遊客至此憑弔他的寂寞與對畫的熱情。

旅行團不去梵谷美術館！我問年輕美麗的導遊小姐，爲什麼不去？不就在市區嗎？導遊說，那是個好地方，可是根據過去的經驗，許多團員認爲去那裡太無聊，浪費時間，所以現在我們都改去實際一點的地方參觀。她向團員宣布，下一站去參觀木屐工廠。

我看著巴士裡的團員，由於是暑假，組成的團員有幾名年輕學生和二十來歲的小姐，給團裡添了幾許青春氣息，有兩名安靜的中年教師、幾名公務員、那對夫妻，其他就是五十歲上下、職業各異的男女了。這是個拼湊的團體，彼此遷就旅程，容忍趣味不投的景點。我知道遷就容忍之必然，車子在梵谷美術館漠然而過，對梵谷澄淨熱情的心無動於衷，我凝視著美術館明亮的窗，視過門不入爲一個美麗的錯失。我們曾經錯失太多，但我們習慣用別的取代或彌補。

木屐工廠因觀光客而得以存在，除了用來當裝飾品外，人們不再穿它了，全團的人幾乎都買了木屐，無論是大到可以掛在牆上當花器的，或是小到拿來當鑰匙圈的，因爲價格的可選擇和可負擔，觀光客輕易掏出鈔票助長工廠的生存力。我買了當開罐器的木屐，是單隻的鞋子，我緊緊的將它握在手裡，取代與誰牽手共遊的溫暖。

這時德走向我，他的曼不在身邊，他高大，穿著輕鬆的白色運動衫和寬鬆的灰色長褲，墨鏡掛在運動衫的圓領上，兩隻手插在褲袋裡，歪斜著頭看我，那神情像在審視一件藝術品，使我感到自己富有賞心悅目的價值。我向他露出笑容，一如他也在對我笑，迷人的、精采的一雙眼，訴說著他對女人的富於經驗。我不怕他令人銷魂的眼神，我正視那眼神。我想起尹，他也有那樣的一對眼神，我早已熟悉的。

德注意到我手上的開罐器，利用那開罐器開始話題，說：「很有趣的設計，也許我該買一個。」

你們買了什麼？我故意的用「你們」，我明知道買紀念品的事通常由妻子決定。

「一雙大大的木屐，我太太說要擺在窗台上當花器。」

我曾在一個別墅區看見一戶人家的窗台上擺了一隻荷蘭木屐，明亮的窗戶掛著蕾絲窗簾。我說：「如果你家還沒有蕾絲窗簾，想必你的太太還會買副窗簾回去。」

他嘴角漾開了如花般可愛的笑，沒對我的結論做任何反駁，也許他以爲那只是女人無聊的直覺，在男人眼裡，女人常常說沒有邏輯、言不及義的話。

他還想跟我說什麼，可是曼從另一頭走過來，她剛和一群人看了製作木屐的示範，一見到德就複述一遍。我轉了四十五度角，走回旁邊的禮物部門，不是爲了再選購禮物，只是要找到一個位置，把自己安置在那裡。

曾經有一次，尹的妻子也像曼那樣輕巧的走過來，我正和尹端著雞尾酒藉著酒的甜香傳遞神秘的眼神，那是公司招待外商的酒會，我第一次看到他的妻子，他沒有告訴我他邀請妻子參加。我嘴裡含著的酒變得有點苦澀。

他們手挽著手去和外商打招呼，他將美麗體面的妻子介紹給客戶認識，我站在原地，有一種全身赤裸裸無所遁逃的尷尬。事後尹解釋那個手挽手的動作，他說在公眾之下，他必須那麼做，他是主管。

丈夫與妻子在衆人間的親暱舉動原值得鼓勵，社會學家會說那是維持社會和諧的基礎。那天，我舉杯向喧嘩充斥的空中敬了義正辭嚴的社會學家一杯，一口飲盡，回座位拿起皮包，拉緊灰色大衣的領口，就走出了會場。我只是一名職員，在他手下做事，做了兩年。會場少了我這樣一名普通得不能再普通的職員，無損於酒會的熱鬧。漫步在街上，整條街應是我的位置，但太空蕩，我漫步、游移、沒有目標、沒有終點。

我婚後一年懷孕生子，丈夫要我辭去工作在家帶孩子，那時我在廣告公司寫文案又做企劃，每日強迫自己有一個新的創意以應付不斷退件的付錢老爺，日子沒有白天夜晚之分，常常爲一個點子的產生注視著晨曦取代月光，而晨曦吸盡了我的精力。所以丈夫要我辭去工作，我一口答應，準備要過一個輕鬆沒有束縛的生活。

但是帶孩子的七年間，我得了嚴重的沮喪症，發現自己不適合當家庭主婦。大兒子開始學習走路，搬動家中一切細小物件使我疲於收拾，我變得焦躁易怒；洗滌蔬菜時，我想著與銷售民生用品有關的任何廣告案，有時從抽油煙機旁的窗戶望向天空，覺得屬於我的世界狹窄成每一個洗滌碗筷和摺疊衣服、收拾亂物的動作，我感到無窮的黑夜在我的日子裡不斷重複。然後，女兒出生了，我在鏡中看見自己的青春容顏毫不修飾的一點一點逝去；成天穿著一個樣式的衣服，棉的，直到膝蓋沒有腰身的，以便在緊急情況充當紙巾，擦拭兒女的手臉和家裡一切被他們弄髒了的物件。那時未滿三十歲，而我以爲自己很老了，而且會一直以這種方式老下去。我羨慕昔日未婚的同學及已婚卻沒離開職場的同學，可是我不再跟她們連絡，她們有理由打扮得很光鮮去上班，我讓自己在家裡黯然失色。

深深的沮喪與自卑使我的黑夜更長，常常爲了一件小事，我失眠，與夜爲伍，回想寫廣告文案的那段日子，提起筆來，不再有靈感，腦子裡只有水聲，洗菜的、洗碗的、洗衣的、爲孩子洗澡的，水的觸感占據了拿筆的手，受教育到二十幾歲，一直以爲手是用來翻書寫字，那時，我並不預想得爲家事奉獻這雙手。

母親在電話中說，把家照顧好就是女人一生最大的成就。我不再相信那樣的話。我在電話中哭泣。我在孩子的吵鬧聲中安靜回想大學時，這雙手曾幫吳捏製模型建物，和吳一起作畫，一起捏陶。種種才華，也不過在水聲嘩然中流逝。

兒子進小學後，我的自我價值已經蕩然無存，我替他填寫入學資料卡，母親的職業欄，我想了很久，最後據實以告的填上「家庭主婦」，但在那一刻，我決定再也不要扮演這個不稱職的角色。我望著那位女老師細緻的衣著，有幾分妒意。我原可以那樣穿，但沒有太多場合讓我精細的打扮自己。丈夫在公家機構雖是高階主管，但固定的工作、穩定的收入、缺乏人際交往的生活形態，已使我覺得生活在窮途末路中，我再也不要活在一個封閉的處境裡。那晚，我打電話給以前的朋友，請他們替我留意哪個地方能接受二度就業的家庭主婦。

對於一個願意接受停了工作七年的女士重新當一個基層工作人員的公司，我沒有太多挑剔的意見。尹的公司接受了我，是我以前職場的朋友大力推薦，他們才錄用我，給我一個企劃專員的職銜。

現在，大家從木屐工廠出來，魚貫上車，義大利籍司機斜臥在駕駛座上看著一張張的東方面孔從車門階梯上來，往坐位去。也許他看慣了，臉上沒有特別的好奇，爲旅行團開車是他的職業，職業容易使人倦怠和無動於衷，但對我們來講，去不同的地方看不同的人，是旅行的一大樂趣，即使他只是一個普通的義大利中年男子，我們仍以揮手招呼跟他傳遞異國的親切。

導遊說要去餐廳吃飯。隨即，大家有一種興奮之情，對於一個陌生之境的陌生餐廳。德和曼坐在我的對面，一桌子坐了六個人，是家擁擠的中國餐廳，旅行團怕團員太早水土不服，第一頓中飯就帶我們吃中國餐廳。不太道地的菜肴，有著油腥味的鰹魚，粗糙的米質，聊以充當故鄉的風味。

德笑談他旅行各地的飲食文化，曼在一旁幫腔，顯見他們旅行的次數。德不時看我，還問我去過哪些地方。

「我是第一次出國旅行。」我說。

他有點訝異。「不像。」他說。

我沒有追問，因爲看到了曼過於敏感的眼神。我看窗外的河道。這起碼是家在不錯景點上的餐廳。

第一次進辦公室，全辦公室有二十幾張桌，桌與桌都用擋音板隔起來，廣告創意部門，每個人需要私密的空間，不希望被鄰桌談電話的聲音擾亂，尹的位置在最內部，一片玻璃窗隔起來。我進去那玻璃室見他，坐在他對面。他的笑很燦爛，但眉宇間有疲態，好像剛完成了一場腦力遊戲的激戰。我曾經怕過激發創意對人的壓榨，但現在我不怕了，當腦子停了七年沒有使用後，已經儲備了足夠的動力再去磨練它。他看出來了，第一句話就說：「妳曾經做過很好的廣告案。現在準備再出發了。」

「是。」我說。

「這是個挫折感很強的行業。」

「是傻瓜才進來的行業。」

「也是很有成就感的行業。」

「是天才才能做的事。」我只是想自我安慰，他像很滿意。他的眼神在讚許我的反應，凝滿笑意的盯著我，不再說話。

我看他背後那片窗，窗外是更多的帷幕大樓，壓迫著藍色的天空。許久以來，不再有男人以那樣讚賞的眼光看我。

之後，我們好起來的時候，他說，那天他看見了我眼裡的大膽。而我也看見了他眼裡的挑逗，如果不是那眼神，我不會在整個上班的時間裡追逐著他的身影。

那天中午，為了表示迎新之意，他請我吃飯，在附近的餐廳，坐在我對面，談廣告界的競爭。男人總有話題，在他想說的時候。我脫節了七年，所知道的廣告界像隔了一個世代。從那天開始，我有了一個重新認識廣告界的課題，也有了一個愛情的課題，只是當時不知道，沒有學校藩籬的課題意味著沒有完成的期限，誰也不知道得花多少時間完成，在那期限沒有到來之前，得付出承擔的代價。

在會議中，在私下的討論裡，在辦公室的任何一個角落，尹的表情無論是神采飛揚或疲憊不堪，總令我分心而疲於捕捉，在對他的想像中，我感到虛弱、不知所以；有時我也感到他的眼光跟著我的舉動流轉，但我不確定他的真正用意，尤其他對別的女同事表達善意時，我就收斂起對他的想像，視他的眼光為男人的壞習慣罷了。幾次試圖漠視他的眼光，卻徒然無功，只要一走進辦公室，我的心就飄浮了起來，等待他的身影，等待他的召喚，像個遊盪在街，不知所歸何處的孩子。

爲了逃離無所依歸的感覺，我開始在外面與客戶談案子，在咖啡廳，在餐館，在各種聲音與影像間，短暫的阻絕他的影子。然而，該發生的都在預期中來臨，或者說，因爲預期它的來臨而有了心慌的過程。

那是來了公司一年後，有一個電視廣告的大案子，他要我一起去談。他開車，我坐在他旁邊的座位，兩人都靜默。車子在午後的城市緩緩行駛，天色暗下來，是烏雲籠聚，炎夏的午後陣雨，雨滴一落下來就斗大，急咚咚敲打車體。他要我看時間，我說兩點，他說和客戶約定的時間是三點，我們來早了，有足夠的時間在雨裡穿行。我偏過頭來看他，說不出一句話。

我有一個小時的時間和他獨處，好像抓了滿手玩具的孩子，因過度擁有而不知如何。

他把車停在人行道旁，樹下，突然空出的一個停車位，好像爲我們準備的。他熄了火，音樂和冷氣都停了。雨勢很大，雨刷歸位後，視窗流著水幕，車窗即刻籠上了一層霧氣，外面的行人見不到我們。他一隻手捧著我的腮，一隻手橫過我的肩膀，將我擁進他，我一時不能反應，本能的將身子往後仰，他將兩隻手移向我的頭，將我的臉拉近他的臉，他在尋找我的唇，我迎上去，那是渴望了很久，不期然卻來了的一個吻。潮濕、悶熱，兩個相擁的身體，嘗試各種可以讓嘴唇與舌頭柔軟的吻法，像初戀的人，笨拙的探索更溫柔的親吻。我心裡有一聲吶喊，從此刻起我有了兩個男人。興奮、甜蜜與罪惡感同時並存，但我承認罪惡的部分比甜蜜感少得多。我覺得自己有權去享受婚姻以外的愛情，日子越走越遠，離青春美貌也會越來越遠，埋葬在家裡幾年後，我已驚覺青春所剩無多，我渴望愛，再愛一次，抓著青春尾巴再燦爛一次。

從那天開始，我們有了不定期的約會，有時是午飯時刻，有時是往外開會的途中，在車子裡，我們調笑、擁吻。

我們從來不提及兩人的家庭，像是一種默契，我們都已失去談的能力，誰也不去碰觸，這默契使我以爲我們可以這樣一輩子下去，也使我在每一次相擁時，都全神貫注，盡情地享受他的溫柔，因爲知道未來之不可能，凡不可能的事，都懷疑它存在的眞實性。我以爲在一片好風景裡，每天都想去那風景裡玩賞。可是他不能，他老是有應酬，有公務扣住他的時間。我通常準時下班，爲兩個孩子準備晚餐，我不再像未婚女性那樣耗在公司裡想文案，我在孩子入眠後複習白天的工作。複習的功課變成對尹的追想，計算著他未曾約我出去的日子，心底開始浮起抱怨，如果他愛我，再忙也該挪出時間多約會。我也渴望他找點什麼讓我加班的理由，約我晚上留下來，但他從來不要求。他沒有說過愛我，猶如我也未曾說愛他，因爲沒有明天，誰也看不到明天，誰也給不起承諾。

阿姆斯特丹的下午天氣變陰了，導遊說這是典型的天氣，出門不能忘了帶傘，因爲不知道何時會突然下起雨來。我們搭船遊河，像十七世紀的水手遠征海域回港，穿梭在河道間尋找自己的家門，期盼久別的妻子容顏。

在那交錯盤桓的河道間，上演過許多青春悲喜劇，古往今來，人的感情是相通的，我相信在那允許男人公然納妾或招妓，卻幽禁女人行動的婚姻制度裡，總有不安不甘的性靈在尋找出口。

天氣始終陰著，雨想下一直未下，我們坐在玻璃船內觀看河岸美麗如童話般的住宅，烏雲籠罩河道，使河道猶如在向晚暮色中。河水鬱鬱，波光粼粼，美麗的水流像女人流過的幽情，昨日已邈，情愁哀怨付諸水流，悠悠流去。

水手與水手之妻，柔情繾綣的城市，等待的城市。

有一次，我靠在尹的肩上哭泣，因爲愛，因爲平時的可望不可及，那時我們有一個多月不曾約會，他柔情環抱我，親我的髮，我感到了他的唇的濕潤，我抬頭去親那唇，久久的不肯放，下次不知道哪時候能擁吻，我不要去預測，只要當下，是的，只有當下才存在。他將我的手放入他的褲腰，一直往下，要我去探索他，他說，今晚我們去找個地方。他終於說了，我以爲這句話可以取代「愛」。但事實上是，我們誰也沒辦法去負荷這個字。

那晚我向丈夫謊稱我要加班，丈夫對我上班近兩年後第一次加班，感到有支持的必要，沒有多問就叫我安心家裡，他會帶孩子去吃晚飯。

我和尹去飯店吃飯，然後要了一個房間。我心裡沒有愧疚感，對尹的長久渴望勝於家庭，這時候，我只做我自己，沒有道德的壓力，沒有複雜的因素，只爲了長久追逐後的一個結果。

尹進入我的身體，在丈夫之外體驗另一個男人，使我無論如何不能專心到放鬆自己，但和尹的結合很愉快，我們講話，邊做愛邊笑談、喘氣，那是丈夫不曾替我營造的，尹給我的是一種輕鬆的情境，沒有枷鎖，沒有沉重，只有樂趣、隨意。我翻到他身上，頭靠在他肩上，想告訴愛意，可是沒說，我們的聊天取代一切，我們不談彼此做愛的感受。我以爲還有機會說，也許下次。

第二天的酒會，他帶著妻子來了。是的，那天我溜出來，沿著街想找個自己的位置，卻是空蕩蕩，什麼也找不到。

那之後一天、兩天，尹沒對我們在飯店那晚表示想法，一個月、兩個月，他沒再利用電話和我談私事，沒再邀我吃午餐；我們談完公事時，他依然送我一個燦然的笑。一切都靜止，彷佛什麼也沒發生過。六個月後，我找到另一個工作，是一家小型的廣告公司，依據我的能力延請我去當經理，我答應了，我的薪水加倍上昇，從職員變成主管，擁有社會地位。我打算在新工作上衝刺，那樣的職位是我應得的，而且我要離開尹。

向尹提出辭呈那天，尹很訝異，他用含情不捨的眼光看我，要我留下來，但我不再相信那眼神的眞實性。我也不問他爲什麼一夜情後就不再對我動情，雖然這是我一直掛在心上的疑問。事實是事實，即使我問出一個答案也無助於他對我不再感興趣的事實。答案是可以捏造的，我不要另一個謊言。

離職那天，我約他吃飯，基於對主管的感謝。然而一旦有了感情的成分，公私就難以分明，離職猶如決裂手段，痛心的一方心中仍有傷痕。在餐廳幽雅的小廂房裡，我哭倒在他懷裡，告訴他，我仍然念他，一個女人甘冒對婚姻不貞之名談戀愛，是眞的動情，但他有家庭，我尊重他的做法。他擁著我，說他會想我，抄了他家的電話給我，要我有任何需要，可以隨時打電話給他。

愛情變成一串電話號碼！

阿拉伯數字組成的符號意義比病毒還可怕的侵蝕了人的現實與精神活動。我沒有使用那串號碼，它不能取代我的眞愛。雖然有幾次我動念想透過號碼向他傳遞我的訊息，但總因不能預測電話那邊的情況和眞意而制止了衝動。一件事情過去就過去了，往往沒有太多回頭的機會。有些風景一閃即逝，有些風景讓人刻骨銘心，但巴士匆匆開過，它不掉頭回去。

船靠岸而泊，我們在市中心下船參觀鑽石工廠。香港來的中文解說員拿出一大包鑽石倒在玻璃櫃上，向團員解說鑽石的純度和切割技術，晶透、閃閃發光、大小殊異的鑽石比河水閃動的瑩亮還動人。那是象徵永恆愛情的光芒。

兩名珠光寶氣的團員對買鑽有興趣，一顆顆詢問價錢，還一只只比對自己的手指，她們看起來近五十歲。

不久的將來，我也會到達那個年紀，逃不掉的，當愛情與青春失去的時候，會不會用鑽石來彌補不再回來的愛情想像？我坐在椅子上看著鑽石光芒，我的愛情不需要鑽石的光芒，我也失去了貞守永恆愛情的能力，我的手上從來不戴鑽戒。

最大最亮的那顆鑽石永遠只存在世人的期待中。

3

我們是經過比利時到達巴黎的，那是條必經之路，就像你要到前面去，得對旁邊的人說借過，比利時就在荷蘭與法國的借過的位置上。它被拿破崙的軍隊借過了好幾次，不得不成為炮灰之地，滑鐵盧塚頂紀念碑的大石獅仰首穹蒼，遙遙望向法國，不分國籍的士兵躺在泥土裡，為英雄的雄心埋名；一個不戰的國家，成為世界最有名的戰場。一個人覺得卑賤，不是因為他生來卑賤，是因他誕生在一個沒有社會地位，連餬口都成問題的家庭；

一個女人在婚姻裡覺得索然無味，不是因爲她是個索然無味的人，是因傳統婚姻制度限定了妻子所該扮演的角色阻礙了她發展自我的生活樂趣；制度給妻子一把椅子，規定妻子只能坐在那位置上，一旦離開那位置就踰越了妻子的角色。

在首都布魯塞爾，我們沿著中世紀鋪設的鵝卵石路面，想像馬蹄踩在路面的踢躂聲，穿街繞巷的來到黃金廣場，雨果以爲它是世上最美麗的廣場，但我們來錯了時間，廣場金黃色的建築據說要在夜晚點燈後才能顯現光采奪目的景致。總是這樣的，精采的事物不一定適時的爲我們所擁有，我們只是路過，主要的目的地是巴黎。

一想到巴黎，我就到處找電話，廣場附近都是商家，擁擠著觀光客，我穿巷，找電話，在一家織錦店附近，我打了吳的電話，仍然是十三聲，沒有人接聽，我開始懷疑吳度假去了。但我更相信白天他在上班，決定今晚在巴黎打電話給他。我掛了電話，看見德和曼從織錦店走出來，曼手上提了一隻大袋子，是蕾絲窗簾，她在以蕾絲織繡聞名的布魯塞爾買了窗簾，她是個巧心的妻子，德應該是幸運的，但他不會以這幸運爲滿足，從他的眼神，我知道這個秘密。

我在其中一家禮品店爲女兒買了穿蕾絲華服的布魯塞爾洋娃娃。女兒若問我爲什麼洋娃娃穿得這麼華麗，戴了插著純白羽毛的寬邊帽子，還戴手套拿洋傘？我會告訴她，在過去封閉的歐洲，一個女孩選擇配偶時，常常打扮自己盛裝去參加社交活動，那是一個成年的必經儀式，也是一個女人最自由的時候，最能控制男人的時候，一旦不再需要為了尋找對象而華麗的打扮自己時，往往成爲男人控制的對象。也許我太早告訴她這些，可是那洋娃娃代表一種認識與警醒，在她成年以前，她會有足夠的時間去了解新的男女關係。那時，這個華麗的洋導遊昨晚就交代了，今晚要在巴黎的餐廳享受法國餐，她要我們穿得正式一點，浪漫的享受一頓道地的法國餐，爲了這一餐，每個團員都額外多繳了一百美元。團裡的女士全都穿了裙子，我穿一襲洋裝，輕盈的灑花，爲了在花都過一個浪漫的夜晚。

巴士從巴黎的北邊進入，啊，這個藝術之都，初訪的人對它所知太有限，無法企及它複雜而豐富的內涵。在北邊看到現代化建築張著奇鱗怪角直立在陽光下，一股大氣深深震撼我心，在那刻間，我了解吳爲何在這裡滯留不歸，一個學建築嚮往藝術的人來過了巴黎，怎能再容忍別的城市？越向市中心，古建築越密集，每一扇門每一扇窗都有雕工，我彷彿置身在狄更斯的小說場景裡，經歷著法國革命的一景一物。

時代在這個城市重疊，拿破崙時代的建設、現代的華麗，大筆揮灑的一片畫，五顏六色，炫麗迷離。這座從十世紀開始建立的城市，在塞納河畔歷經歷史的動亂，幾次王朝更替助長了它規模的擴大，交疊複雜、糾葛的文化層次；河畔的建築都伴隨著幽深的歷史記憶，苦難的政變與二次大戰的破壞，使城市從毀壞中重新挖掘文化的內涵，開始建構歷史的驕傲，從破壞裡站立起來，集合所有以前的資產發揮最大的光芒，掀起最前衛的藝術革命。每一個街道，每一棟建築，都彌漫著新與舊的錯綜姿影，那是歷史重疊的幻影，生活在這城市，時間不重要，生命已進出在古與今之中。

如果去掉時間這個因素，生活就不會太急迫緊張。不必在乎年齡，年齡的壓力是伴隨著世俗認定那個年齡該完成什麼事而來的。如果可以在古今間遊走，生死就已超越，不必爲了死的恐懼而爲生活做著種種的慾望與苦惱。

在塞納河畔，一名衣衫襤褸的男子對遊船上的觀光客吶喊，一邊比劃他的性器；在街上，密集的商家前面排列著高高的垃圾桶，一名看似體面的男子翻開桶蓋，搜出一瓶裝著殘液的果汁瓶，對嘴一飲而盡；香舍里榭的露天咖啡座綴滿紅花，男的，女的，在那裡安靜的望著街上，而街上，流動的車子未曾停歇。

我們有一些時間在街上閒逛，團裡幾個年輕人已結伴遠遠的跑到凱旋門，想在那裡留影。我遠距離拍攝凱旋門，那樣才能拍到全景，德又走過來了，說：「妳就站在這裡，我可以把妳和凱旋門拍下來。」他拿著我的相機站在我前方幾步，取了一個角度，按下快門。

我想沿街散步，看街上的一景一物。他說：「妳是懂得旅遊的人，曼不懂，曼坐在那裡喝咖啡，她不會算時間的有限，喝了咖啡就不能看別的東西了。」他指了指曼坐著的地方，眞是花團錦簇。

「在那優雅的環境喝咖啡就是她旅行的享受。她的要求簡單而純粹。」我說。

德也許聽出我的用意，回答我：「嗯，也許簡單一點得到的樂趣比較多。」

因爲這句話，我站在巴黎大都會街頭，與他四目交接了一分鐘，沉默，他笑，又沉默，又笑。我也是那樣。而後，他走向了他的妻子。我繼續瀏覽街景，在預定的時間，回到緩緩駛入廣場的巴士裡。

巴士在戴高樂廣場放射而出的十二條大道中繞行，除了商店林立的香舍里榭大道外，不確知巴士繞在哪一條路上，轉了幾個彎後，巴士停在大道旁的一條巷口，離廣場並不遠。我們期待著晚餐盛宴。

導遊帶領我們走進巷子，巷子裡又有巷子，狹窄的，壅塞的走道，不像要去一個豪華的餐廳享受法國餐。

我們走入一家門面普通的餐廳，進門的大廳已坐滿了客人，一名服務生帶我們走入右邊的小室，小室擁擠地排滿六組桌椅，每組可坐六個人，一團三十幾個人彼此磨蹭著身體坐入位置，肩膀擠挨著。素樸的牆面、灰舊的窗櫺、洗白了的格紋桌巾。我頓時失去食慾，大家隆重的衣著使空間更侷促。我計算著一百美元在台北應可在寬敞的法國餐廳裡，輕鬆享受用餐的愉悅。大家的臉上傳遞著一個神秘的密碼，在等待上菜的時刻——多收餐費是旅行社變相的敲詐。但誰也沒去破解這個密碼。我們喧嘩的等待上菜。於是我知道這個小室是專門用來招待喧嘩的旅行團，尤其是港台團。

老闆來招呼，年輕而熱情洋溢，用中文說了幾句開場白。第一道菜端上來後，他就在前廳與小室間進出。他的熱誠與微笑，使狹小的空間變得溫馨。導遊了解團員的感受，解釋這一帶因租金貴，餐廳都是狹小擁擠。但團員並不要這個理由，我們在電視上看過豪華的法國餐廳，我們以爲一百美元的晚餐起碼有賞心悅目的空間。

刀叉的碰撞聲都聽得見，導遊在座位間教幾個未曾用過西餐的團員使用刀叉的技巧。螺肉浸著綠色香料與橄欖油，放在有六個凹槽的盤皿裡，每個凹槽就像一潭翠綠的泥沼，浮著一只鮮嫩的螺肉，因爲那盤皿，我們有了吃的慾望；白酒和紅酒因主食不同而分別給斟到杯中。

我和年輕人同桌，他們叫我大姐，和我敬酒，他們大口的將食物送進嘴裡，不太純熟的端著酒杯，他們缺乏細緻優雅的用餐禮儀，在到達那種虛僞或做作之前，他們得先經過社會應酬的磨練，爲細緻優雅付出時間的代價。

團裡一名超市老闆站了起來，沿桌搜刮別人盤裡剩下的生蠔，每只盤裡排列著六個生蠔，還沒嘗到生食樂趣的人自願放棄了盤中的美食，那在他眼中看來難以入口的東西，在饕客味蕾中成了人間美味。有幾個團員藉著酒力表現了熱情的一面，將葡萄酒當啤酒喝，站起來四處敬酒。

導遊有時候站到外面去看看，然後走回來將食指放在唇間要求大家降低音量。我望向德和曼那桌，也是喧嘩。當喧嘩變成一種文化，喧嘩就不可恥，它包含著民族熱情的表現方式和情感的宣洩。教師那一桌較安靜，還有幾個公務員，他們代表節制的一方。我這桌的年輕人談學業，交換見聞，稚嫩的語氣，流行的語彙，理直氣壯的相信著自己的言論。我在他們之間，是那種離開學校很久，因為廣告公司經理頭銜而有了一點職業成就，卻還不是很老，有幾分親切感的沉穩女人。而曾經，我也用那樣的語氣說話，在那時候，我不需要沉穩。

和吳讀大學那段時間，我們住在學生公寓，沒有宿舍的門禁，常常到哪個同學的公寓裡聊天，沒有時間的壓力，年輕人的時間一向是浪費的，玩橋牌玩拱豬玩到深夜一兩點，有人去買滷味和酒，找了一個話題又聊下去，到晨曦破雲，才各自回去睡覺或趕寫當天要交的報告。

那時報紙只有三大張，社會焦點很集中，一件綁架案就可以當一星期的話題，一篇副刊的文章讓人談論著，那作者就是名作家了。那是個有焦點的年代，因為選擇不多，大家都在同一個文化議題下過著不太複雜的日子。比較煩惱的問題是談戀愛，誰愛誰及誰不愛誰。而我和吳沒有這樣的問題，他的問題是過於繁重的建築系功課，而我是他趕作業時的得力助手；他除了功課外，還挪出時間畫水彩，我和他一起畫，為他清洗顏料彩筆；那時我看文學書，鄉土文學的論聲不斷，幾篇在課堂上討論的鄉土小說勾起我們對鄉土的反思，副刊是每日清晨的功課，在上第一堂課前就閱畢那天的文章，以免同學討論時，自己插不上嘴。

是的，報紙只有三大張，太容易有共同的話題。至今，我們過去談論的那些事，沒有人再提了。在我廣告部門下的年輕人在網路上旅遊不同的網站，讀報紙不同的版面，大家常常各談各的發現，常常誰也搭不上腔，然後，什麼發現都變得不重要，變得自言自語，我們很難整理共識；但年輕人說，廣告本來就要不同的腦力激盪，越多元越好。所以在這個行業裡，我們有更多的功課要做。

我仍保持閱讀，但文學書已不再是重點，強勢的書籍廣告指引了我買書的方向，我回味以前因副刊上的一篇文章而去買某位作家的書籍的那份熱情，而今我既難以挑起那份熱情，也因工作的需要，大量注意非文學書籍。每天的報紙翻完第一落國家社會焦點後，就沒時間細看其他的版面，第一落的張數就超過了三大張，超過了一個人看報的負荷。

對於未能保留精力和時間閱讀文學版面和書籍，我有深深的失落感，我想找回過去閱讀一篇文學作品的感動，但，很久很久以來，我不再容易感動了。也許是年紀增長使人失去了感性，也許是社會的改變令人忽視了文字的力量，也許人們不再需要感動。

吳在巴黎都讀什麼呢？以前我們常共讀一本書，討論那書，闔上書後，我們親吻，在他堆滿畫冊和建築模型的公寓裡。十三年，可以令人忘記一個人的長相，但忘不了吻的滋味。我們曾經親熱，那麼密合的，沒有爭吵，在文學與藝術的領域裡編織人生的夢想。吳來了夢想之地，他沒有違背年輕時的熱情。他在這綺麗城市的某個角落，私有與我阻絕了十三年的一段異國生活，一段沒有我的青春歲月。他也有三十八歲了。三十八歲對男人而言並不老，如果他得意，他會有煥發的光采。

有半數的人都站起來敬酒，我走到教師那桌，向知識致意，然後去德和曼那裡，曼的臉頰酡紅，她眞是個嬌美的妻子，她的甜美使她看起來嫵媚。德側身過來，背對著妻子，送給我一個情人才有的痴迷眼神，他有幾分酒意，酒使人迷亂、大膽，那眼神一閃即逝。

「與我乾杯。」他堅持。

在這旅程中，大家都是萍水相逢，乾一杯又何妨。我乾杯了。

在旅程的終點，大家各自散去，像我和吳，生命之線不再交集；也許有深結不解的緣，像我和丈夫，夜夜睡著同一張床，沒有身體的距離。旅程也許沒有終點。

以前和吳常常相約返鄉，連續假期，我們漏夜去台北車站排隊買車票，火車票買不到，就轉到公路局車站搭夜車，在人潮中，我們買到並坐的位置，在幽暗的車廂內相偎著入睡，有時因車子的搖晃，我難以入眠，習慣性的盯著前面椅套印寫的「旅途愉快」四個大字，吳的體溫透過衣服包圍著我，內心的愉快溢滿整個夜色。我和他在旅途中，只要有他的體溫，即使在別的城市，即使身家飄蕩，也會愉悅無邊。他說，這個城市如果不完美，我們就住到別的城市去。現在他在他嚮往的城市了，而我身邊失去了他的體溫。

大家盡興的喝酒，我們又繳了額外的酒錢。

從餐廳出來，夜已臨，我們先回旅館，團員自組小隊去逛夜巴黎。我在房裡打電話。打了無數次，耐心的等十三聲，沒有人接，空淨的，阻絕。吳去哪裡？也許這是個錯誤的號碼。但給我電話那人十分篤定的說，吳住在這裡。那麼，他去度假了，或者加班了。

我到樓下中庭喝果汁，導遊和德及一些團員已經在那裡了。這些中年以上的遊客白天玩得夠累了，晚上讓自己安靜下來。失去年輕的明顯徵兆是用聊天取代體力消耗。年輕團員在巴黎的夜色流連未歸。旅途的第二天晚上，大家已打成一片，又各自成群，有了不同的對待新環境的方式。

這家旅館還算明亮潔淨，離市區遠。我先去櫃檯問服務小姐，吳電話所屬的那個區域在哪裡。她跟我說了一個地方，我不懂。問她，離這裡遠嗎？她說，不遠。我只要這個令人滿意的答案，幫助我測量與他的距離。

德走過來問我需要幫忙嗎？我的英語可以溝通，我說，雖然法國人不太願意說英語。他笑了，說，在法國旅館裡說英語是合法的。我們相視而笑。我的餘光忍不住去注意曼的身影，不在中庭。我們緩步走向中庭，他說，曼先睡覺了，她不能忍受過早的 morning call，所以她得早睡。他大概聽到了我和服務人員的對話，問我，在巴黎找人嗎？我說是，一個久未見面的朋友。

最後一次和吳見面是在一家速食店，那時速食店在臺灣像旋風一樣，幾年內連鎖店林立，在每一條人潮稍多的地方，就可以找到一家可以吃炸雞或漢堡、可樂的店，年輕人幾乎都聚集在那裡。除了炸雞、漢堡以外，我們不知道什麼地方有明亮寬敞、價格又不太貴的用餐環境，於是西方電影裡經常出現的速食店就成了我們崇尚西方快速簡明文化的認同地。

我和吳約定在城中市場的某一家炸雞店，那兒離西門町的電影院近，吳看完電影後到那店和我碰面。那天星期日，他從軍中休假，我不知道他和誰看電影，每個星期日我睡到中午，廣告文案的壓榨使我得在工作六天後，利用一星期僅有的一天假期補充精神。我工作兩年了，對職業有點厭倦，唯一的好處是有不錯的收入，在吳服兵役缺乏金錢時，可以每次吃飯由我付帳。可是，女人爲男人付帳，也有厭倦的時候。

那個下午，吳來炸雞店了，我和他有兩個星期沒見面，盼望和他獨處，他卻帶了一大票朋友來。他的那群朋友，談話時常帶著密語，使我懷疑他們有什麼隱瞞我的勾當。整個下午，吳都和那群朋友講話，他們說報禁快解除了，葡萄酒將開放進口，黨外雜誌在重慶南路的書報攤流傳。他們談著，不理我。使我有閒暇將心思飄遠，一張臉，浮上來，在那段時間，這是一張時常困擾著我的臉。因為替某個公家單位製作一支宣導片，我認識了那單位的主管，他三十幾歲，從容沉穩，做事一板一眼，和我討論細節時鉅細靡遺，他在我每天加班到夜深時接我回家，開著寶獅汽車，整齊的西裝；我有一張清秀細緻的臉，在那時，他深深的迷戀那張年輕的臉。

在談話中，他們無意間解開了一個密語，坐在吳旁邊那個留長髮的問吳，退伍後要不要參與他父親做進口葡萄酒的生意，另一個人說，小惠的父親開建設公司，吳何必去進口葡萄酒；吳推推那人的手肘，並傳遞一個禁止談論的眼神；我喝可樂，假裝沒看到。但他們停止了談話，大家都拿起可樂喝。我不叫小惠。

之後，他們離開那家店，不知道還要去哪裡，吳付了帳。我賺錢替兩人付帳，他用他僅有的薪餉替他的一大群朋友付帳。吳跟他們走了。我的直覺確定那早上他和小惠去看電影。我用最快的速度鬧兵變。離開炸雞店，吳沒給我打電話。那個星期都沒來電話。置身在過於完美的風景裡，就會對它的一點點瑕疵感到難以忍受。我要的是絕對，絕對的愛與誠實。我打電話到軍營找他。他不在。第二個星期日他沒來找我。我感到絕望，永恆的愛情是種神話，既沒永恆的愛情，就回到現實的需求。我需要一盞燈光，屬於家的燈光，在我被工作榨光時，可以到那燈光下暖一暖。我答應了那位主管的求婚。他正派，斯文，一表人才。

我有了婚約的消息是透過朋友傳給吳的。有人告訴我，吳對兵變不能接受，曾經消極了一段日子。但他沒來找我，如果他來找我，說明一切，也許我會回頭。幾年後，我彷彿有點明白自己當時的稚嫩不經事，如果愛情不能永恆，又何必在乎吳有了新女友，我應該和小惠爭，我應有把握擁有他，因爲我們的共同興趣，因爲我們的未曾爭執，因爲在愛情的盡頭，往往變成痛苦的忍耐，在愛情之初，得極力去爭取那種愉悅，愉悅短暫如沙漠甘泉，然後是長長的公路，極目所望，平坦無奇，一片土礫，一陣風沙。

「明天要去哪裡？」我問德。德問導遊。

去參觀羅浮宮、協和廣場、巴黎鐵塔，回到傍晚經過的凱旋門，晚上自費參加紅磨坊夜總會。

總有一個地方在等著我們，如果我們願意去的話。

我又回到我的房間，繼續打電話，電話在這附近區域的某一戶人家裡響著。我要告訴吳，我只有一天的時間待在巴黎，我只是想問問你好，或者你願意出來，請我在露天咖啡座喝杯咖啡，我是那樣抱歉和遺憾，在十三年前，離開你的愛。

仍舊沒人接。夜深了，我的室友回來。問我：「打電話回家呀？」

我說：「是。」

她二十八歲，她們三個好友一起出來玩，她分配到和我同寢，昨晚穿著短衣短褲從浴室出來我就注意到，她光滑結實的肌膚富有彈性，渾身散發成熟女人的青春氣息。她未婚，高收入，有個交往了五年的男朋友，但遲遲不肯結婚，她怕生了孩子後，失去自由。

室友脫去淡紫長裙，進浴室沖澡，我先上床休息，在意識朦朧中，感到她擠挨上床，頭躺到床尾，將雙腳抬到床頭的牆上，靠在那兒。我微睜雙眼，她的腳曲線光滑優美，在我視線所及之處，那面牆有了生氣，有了一個女子嫵媚的倚靠。

在那年紀，我有了一個孩子，孩子四處爬行，攫取我所有眼光和注意力；在產房陣痛時，我將自己的生命交給一個即將降臨的生命，不知道痛的終點在哪裡，一股力量急於從我體內脫離，身體像要撕裂，在痛的極致，痛的不能忍受處，一股熱流從產道流過，新的生命完成了他自己，產婦有了不可脫離的血肉之影。一輩子，產婦交給那個血肉之影，她用自己去造就另一個生命，從懷孕那刻開始，到產後的亢奮無眠，到一輩子，她並沒有脫離。

室友說走太多路，腳好痠。

我爬起來，要她俯臥身體，我幫她按摩腳，小腿、膝蓋、大腿，緊實的肌肉，我曾有那樣的肌肉，我的掌心在那上面滑行，滑著我對青春的眷戀。

第一次感到肌肉的衰老是生產後，肌肉組織在嬰兒誕生之後，快速，鬆弛。醫生要我躺在床上，六小時後去排尿，以確定尿管的暢通，爲了清潔，可以坐在盆裡泡溫水。我順利排了尿，加了半臉盆的溫水，緩緩的，將使盡力氣後的疲軟身子降到水裡去。鬆弛的肌肉將水擠出盆外，一駝肉坐在水裡。站起來時，覺得所有器官都往下掉，小腹往下移了好幾公分，沉重的身子。產婦所失去彈性的肌膚，將在另一個新生命裡傳遞她曾有的，最美好的膚色。我去擰熱毛巾，敷在她腿上。

她問：「大姐，爲什麼對我這麼好？」

「希望妳有最佳的體力去尋找最美好的風景。」

「女人對女人最好！」她說。

我不再打那通電話了。夜已深到無聲。

巴黎的繁複深沉，是在你以爲已經看到了最精緻的東西後，又發現了另一樣更精緻的東西。羅浮宮的雕像與名畫固然驚世駭俗，可我在那禁止攝影的宮廳裡，時常仰頭去看裝置富麗的天花板，每個角落轉彎的地方都是一具浮刻雕像，人的藝術繁化成城市的富麗堂皇，流浪的失業者如蛆，臥在城市的褥瘡裡呑吐腐臭；法籍導遊以中文解釋名畫和拿破崙遠征的掠奪品的故事，提醒遊客不要使用鎂光燈，以免影響畫的彩度，而鎂光燈仍偶爾閃起。

曼舉起相機對著蒙娜麗莎的微笑按下快門，德推了推她的手肘，示意她不要再照了。任何一張畫片上的蒙娜麗莎都會比用閃光燈對著加了玻璃罩保護的眞畫所呈現的畫像淸楚漂亮，但曼控制不住她的欲望，喜歡在親臨的時候擷取一部分，滿足私爲己有的樂趣。德是她的，在她能擁有的時候，她緊臨著他。

衆人圍在法籍導遊前聽她解說，我走離了那團吵雜，仰首看繁美褥麗的天花板雕像，在觀賞動人的藝術品那刻，我獨處，思忖吳或許曾經來這裡，站在我所站之地，面對同樣的藝品想起年輕時帶我同遊歐洲的許諾。

而後，導遊說這個宮太大了，沒有足夠的時間逐一看完，爲了趕赴下一個行程，我們得離開。那種匆忙，像陽光投在透明金字塔式的羅浮宮入口，在玻璃的折射中，時間流失；日趕夜，夜又翻越了日，逝去的，成爲歷史的一段光柱。羅浮宮從十三世紀有了雛形以來，幾代興衰，幾次毀壞、整修、擴建，在擁有古埃及、歐洲至東方，中世紀到現代的四十萬件藝術珍品後，它向全世界開放，但藝術珍品始終不能平民化；我們是搭了飛機，付了昂貴的旅費，千里迢迢，有心而來。尋找美好的事物，得付出相當的代價，是時間或金錢，或一個人有限的精力。

在路途中，我曾找到一座電話，望著滿街的梧桐樹、梧桐樹下文學家的雕像，聽著沒人接聽的電話鈴聲。整日，那是支空響的電話。

黃昏逐漸接近巴黎上空，我和幾名團員排著長長的隊伍，登上艾菲爾鐵塔，塔內電梯有操著各國語言的遊客，我們登上第一層，有些年輕人爬樓梯，一階一階登上巴黎；我等待電梯，又登上了第二層，第二層的巴黎更遼闊，沒有邊界，它是世界之都，既不失古典的雅致，又能接納最奇特的現代建築，我站在圍欄處遠望，陌生的城市卻有一串我掛心的電話號碼。他們說，再登到第三層吧，到最頂端看更遼闊的巴黎，只有到最頂端才算來過巴黎。不，我拒絕，我想，有一天我會再來，我會在那時登上最高層。那電話始終沒人接，暮色已快籠罩巴黎。

明日，明日，我們要到另一個旅程。

旅人在尋找新鮮、刺激、生命裡不曾經歷的經驗。

4

搭子彈列車到瑞士，花園般的消費昂貴的國家，然後去義大利，那兒消費便宜，可折抵旅費的負擔，雖是經濟力逐漸衰弱的國家，但在那兒有最寶貴的文明遺蹟和文藝復興藝術，每一座城，都吸引旅人的足跡。瑞士的美好只是短暫的景點，我們先經過現代花園，再進入歷史遺蹟體會文明進程。

整列子彈列車沒什麼旅客，列車長開了頭等艙讓我們去占滿那些好位置，總有些意外的驚喜，構成旅途溫馨的回憶。頭等艙有兩排位置，一排是雙人座，一排是單人座，我選了單人座，拉出可權充桌面的板子，放了一本小冊子，想藉車外景物寫點什麼。斜前方的雙人座坐了兩位歐洲中年婦人，她們腳邊各端正的擱了隻小手提箱，講究的長裙套裝緊緊包覆身子，頭戴帽子，低聲交談，像小說裡描述的優雅而端莊的上等女士，帶著禮教的拘謹。

優雅是我們逐漸失去的姿態，在生活的煩倦中，浮躁與不安常使我們戴上冷漠或粗野的面具做爲保護的工具，我想起自己開車的面容，那在冷漠中隱含焦躁的面容。我欣賞那像時間緩緩流過的優雅，緩得可以細細經驗身邊景物。

大片葵花田在車外流逝，黃色的花傲視藍色的天，活得大剌剌的，向著陽光的喜悅。我們要去的，也是一個喜悅之地。

年輕的時候，對歐洲的嚮往包含這黃花藍天，無窮蒼翠的大地。和丈夫初識的時候，我曾提起遊歐的夢想，他只是聽著，安靜有禮的聽一名小姐談著夢境，我隱去曾和吳共織遊歐夢想的部分，那時吳服兵役，我們時聚時分，就是那時他認識了小惠或其他什麼人，或只是很忙，時移事往，追究已失去意義。某種機緣，把我和丈夫繫在一起，成爲他帶我去餐廳吃飯，幫我付帳，開車送我回家，在寒冷的冬夜替我披上冬衣。吳在軍營裡，不再找我畫畫、捏陶，我以爲有人取代了陪候的那個位置，而事實上，他在軍營裡，不可能溜出來找誰捏陶。等我了解這點時，也同時了解，我只不過在尋找投向新人的藉口。新人的體貼溫存，是座花園，我在那兒找到一列新奇的石階，坐下來，休息。我離開吳，離開可能蘊含了豐富藝術內容的城堡。

那冷靜的、看著我們遊玩的義大利籍司機，在我們猶在巴黎的旅館酣睡時，就開了巴士先行前往瑞士等待我們，對於在旅途中默默為我們服務的人，他的角色是這麼重要卻不顯眼，他不陪我們玩，我們只在與景點銜接的上下車時刻與他打招呼。但我們少不了他，總有些人扮演無可缺少的配角。

他以高超的技術開著大巴士爬上深山幽徑，群山圍繞的湖泊深靜，帆船輕點，我們到達山上旅館，一座斜坡牧場，繫著鈴鐺的牛隻在翠綠的牧場上漫走，斜坡之上是斜坡，斜坡之上又是斜坡，一層層的，推到天之界。幾座房舍錯落，陽台窗台綴滿花飾，旅館在斜坡之間，木的質感，花之鄉。

卸了行李，團員們都迫不及待的奔到草原斜坡，三三兩兩，沿小徑漫步，舒緩長途坐車的肌肉疲勞。

德和曼走在我的前方，我和室友及她的兩位女友一起走，在她們年輕的笑聲裡，我聽到了自己的笑聲，德回頭看我，看那三名女子，他總是在我附近，無論我們在哪一個景點；曼也回過頭來，停住腳步等待我們，加入我們。

德自己走遠了，他彎下腰去看小徑旁野生的小白花，伸手撫摸了一下，然後走到一頭牛那裡，站著與那牛對望，牛的溫和，像暮色一樣，眼裡是緩慢的時間，緩慢等待夜的到來。曼告訴我們，她和德遊歷了許多地方，他們沒有孩子，收入全用在吃喝玩樂上。

那三名未婚的貴族，好像在對誰立誓般的，同時說，她們不要生孩子，即使是婚後。走在後面的那兩個在鑽石工廠詢問鑽石價錢的太太聽到了，藉微風傳過來聲音，說：「不生孩子，妳們老了會後悔。」

她們三個看我，彷彿在尋求有了兩個孩子的我的答案。

我說：「誰也沒辦法對將來做預測，就像我二十歲的時候，不知道有一天會在這斜坡漫步，聽牛頸上的鈴鐺脆響，不知道會在一個旅行團裡，遇見妳們。」

德走到最前面的男團員那裡，和我們有一段遠遠的距離，曼開始發表她的意見，她說沒有孩子好枯燥。她怕老，怕德先死，怕自己變成老太婆，怕孤寂地病困在安靜的房子裡。她利用還有體力的時候玩，她要預支未來，因爲對未來的不可知的恐懼。

那個恐懼存在每個人心中。企業家節制應酬，怕死亡的過早到來連累企業的解體；政治家隱藏紅粉戀情，怕在關鍵時刻政敵以揭發他的醜聞取代政見；女演員用十三種保養品塗抹在身上十三個不同的部位，怕逝水年華暴露的皺紋比她的演技更受人矚目；一個妻子怕衰老，丈夫將她當同居的傭人；一個丈夫怕陽痿，妻子給他戴綠帽子；一個婚姻，害怕，索然無味。

丈夫不擅於說客套話，他總是安靜看報紙，看電視，有時坐到書桌，爲公務做著必要的功課。他是個循規蹈矩的公務員。循規蹈矩的，不苟言笑。在這片美好的牧牛草原，我享受清風徐來，不特別羨慕德和曼無拘無束共遊。那樣的遊玩方式，我和丈夫曾擁有過，在我們還沒有孩子時，遊玩是假日的消遣，即使因日日相處而失去對身體神秘感的渴望，濃情蜜意逐漸轉淡，我們仍在遊玩中攜手，像情深意濃的白頭夫妻那樣，有一個令人欽羨的形貌。

後來，孩子來了，我們用手去抱孩子，去哺餵孩子，去拍撫孩子，我才了解，牽手只是無聊時用以打發空閒雙手的一個動作。丈夫不再牽我的手了，孩子取代了我，在我以身體之極痛去完成另一個生命後，那個生命已自動的接續了我原來的一些東西，在生產那刻，母體分裂了她自己，她不再只能當自己。

在孩子爭吵之際，丈夫額上的一縷蹙眉，深深傷害了我柔軟的心，那是對我未能撫平孩子爭紛的指責，我熟悉那樣的蹙眉，我漠然，對他的表情無動於衷，我抱著小女兒坐在面窗的椅子，望著窗外，聽著兒子的啼哭。他坐在靠近電視的位置，斥責我任由孩子哭鬧。我站起來，去撫慰那孩子，洗淨他臉上的淚痕，讓兄妹兩人又坐在一堆凌亂的玩具前盡釋前嫌的玩在一起。然後，我去浴室，洗淨了自己的淚痕，走進廚房開始一頓飯的所有程序。我不喜歡那樣的生活，從來沒有喜歡過。

婆婆偶爾來小住，她盡其所能的想挑剔我的廚房，但她無可挑剔，廚房連抽油煙機都不油膩，她的兒子也在持續發胖，那是一個女人用她的精血去補充一個男人原來過於纖瘦的身形，而後，自己枯瘦了。

那幾年，我的手背皮膚像脫了一層似的，鬆鬆的起著皺紋，小腹沒有脂肪堆積，懷孕時撐鬆了的肚皮掛在肚臍下，妊娠紋一條條扭曲著它滑亮的紋路，一層皮就像波浪似的，一波波，推翻了一個女孩純淨柔情的原形，幻化成無所不能的女人。

那個晚上，我們都沒有離開草原，我們在草原上的旅館用餐，一團人吃飯，依舊喧嘩。服務生冷冷的看著一團拿著酒杯走動的人，我們叫酒酒不來，叫水水未添，服務生臉上的冷漠敗了我的胃口，可是對大部分團員來說，那與他們的食慾並沒有太大關連，所以他們可以繼續大聲的談論，大聲的敬酒。

我留下半塊羊排，離開了餐廳，到寢室扭開電視，聽不懂的語言，我不斷轉換電台，可以猜測哪些是影片，哪些是新聞性節目，我一邊看電視，一邊想著也許該打電話回家，可我忘了時差，不確定台灣這時是半夜或白天；於是，我關了電視去沐浴，在玻璃浴室裡，發亮的鋼製蓮蓬頭像那草原一樣讓人覺得乾淨清爽。大家都說，到了義大利，旅館也許差一點，那麼，在花園般的國家，就得好好享受住的樂趣，包括洗澡的樂趣。

新婚那晚，我進浴室，解下為新婚所準備的新內衣褲，拔下維持新娘髮型的三十支髮夾，沾著髮膠的乾硬長髮垂落肩上，我拉起浴簾跨進浴缸，丈夫突然出現在背後，我來不及停止拉浴簾的動作，手掌與他想拉住浴簾的手背碰撞了一下，像是拒絕，丈夫站在浴簾外，我不知道他站了多久，他沒有拉起那浴簾，沒有走入水聲之中。我們沒有共浴，從來沒有。

室友走進來說，樓下有個舞池，很多團員在那裡喝飲料、聊天、跳舞。那時已經九點了，室友上來只是進洗手間，她和她的朋友一定要玩到筋疲力盡才上床。難得的假期，她說。我想到樓下喝點東西，換上輕鬆的T恤和牛仔褲。她穿緊身上衣和窄裙，爲了跳舞，爲了用身體的曲線去詮釋年輕與活力。她回過頭來低聲跟我說，沒有男朋友在身邊眞好，不會管她的任何穿著。也許這才是她遲遲不結婚的眞正原因。

小舞池，熱門音樂，在舞池中跳舞的還有說著美語的年輕人。室友邀我下去跳，我成了舞池中最年長的跳舞者。我還記得大學時跳舞的姿影，我回想那節奏，那身體，DISCO的自由。有一對眼睛看著我，在舞池外的飲料桌椅那邊。燈光雖然幽暗，但我知道那對眼睛的存在。我跳了十幾分鐘，便覺得有點吃力，以前我可以從舞會的第一首跳到最後一首，不曾中斷，我是說，十五年以前，離開大學以前。我喘著氣退出舞池，走向那對眼睛，我感到他在等我。

「妳跳得眞好。」德說。

「哪裡，我十幾年沒跳了。」我坐下來，在他對面，他早已爲我點了一杯柳橙汁，我用吸管吸吮那汁液。他一直看著我，笑意很深，顯出眼角的細紋。

「要不要去外面走走，去聽牛鈴聲。」

他正式邀請我，在他妻子爲了不願太早起床而提早就寢時，他終於逮著了機會。

靠近大門的玄關處坐著一些談天的人，有團員，有導遊，我們在他們之間，走了出去。

天上有星星，飛機閃爍著紅色翼燈，在天空滑行。由草原小徑往上走，遠處疏落農家的窗內有細細的燈火。年輕團員的聲音從某個方向傳來，我們沒有理會那聲音，繼續往上走。偶爾響起牛鈴的聲音，在黑暗中，更顯夜的寂靜。

我們選了一塊草皮，坐下來，望著黑暗，望著應是湖水的方向。德說，瑞士眞美，像夢中的家園。我坐在他旁邊，和他一樣，兩隻腳交叉伸向草皮，雙手放到背後的草皮去支撐身子，自然，毫不做作，好像我們早已知道有一天會這麼做，用這種姿勢。

「爲什麼不說話？」他問。

我不知道說什麼，眞的，這個男人我不認識，只是從他眼睛看出了幾分似曾相識的眼神，尹曾經給我的，以及他的瀟灑、他輕而易見的浮躁。

「我在享受這草原的安靜。」我說。閉上眼睛，想用耳朵去感受絲微的大自然聲籟。

「我們是爲了安靜來的。這安靜是心靈的，大自然的聲音使心靈安靜。」

他的說法和我的想法不謀而合，我開始懷疑他的職業，懷疑他對多少女士獻殷勤。我說我最愛夜晚，因爲夜晚可以安靜，可以幻想，有無限的創作力。然後，我不再說了，仰頭去看星子。

他說：「妳很美。」

「男人追逐女人是因爲女人的美麗嗎？」

「有時候。」他說。

我喜歡他的誠實。我看他，毫不畏懼的迎接他的眼光。我要他仔細看看我臉上的任何細紋，尤其是眼睛周圍，鬆浮的眼袋，一微笑就堆聚的紋路，因懷孕留下的斑點。我不年輕了，我說。

「妳的美不是臉蛋，是整體的一種韻味，一種感覺。」

「謝謝你。女人的韻味是用歲月換來的。」

他肆無忌憚的看著我，用他溫柔的眼神和笑意。

我的丈夫從沒用那樣的表情看我，在我年輕的時候，他也看上我的嬌美，但他沒有利用那美，一朵花，摘回家供在瓶中，過了最新鮮的兩日，就逐漸萎去，即使做了乾燥花，餘香留給家人，自己也成了壁上的一個逐漸暗去的色澤。在摘回家時，他以爲，那花，永遠的屬於家，再也沒有非把她摘回去不可的渴望。

丈夫不了解我在家裡帶了七年孩子的枯竭心靈，他以爲女人都喜歡在家裡帶孩子，孩子是家庭的樂趣。在我找到工作，準備上班時，他得了極大的焦慮症，每天挑剔家裡的什麼東西未曾歸位，買回來的商品如何的不好用，孩子如何的不聽話，抱怨走路時踢到桌腳。他用焦躁處罰自己的恐懼，處罰一家人的安寧。我無動於衷，在某個星期一，化了粧，塗上讓整個人鮮麗起來的口紅，穿上嶄新的衣服，我走出家門，早晨的陽光照著我胸脯，我大吸三口飽含公車油煙味的空氣，恢復我的職場生涯。

德講話的聲音極溫柔，他的妻子此刻在酣睡，他卻和我坐在斜坡草原上，說我穿著T恤、牛仔褲的樣子很年輕。快近四十的女人樂於聽這樣的話。我笑得如同一個情竇初開的小女生，明知道他的讚美是純感官的。

有牛鈴的聲音逐漸趨近，表示有一頭牛正向我們走來；我們在傾聽那聲音，測量牛的距離，鈴鐺聲停了，再響起時，往另一個方向，漸漸遠去。

德靠近我，他的手臂碰觸我的肩膀，我想起尹，尹也曾迷戀我的美色，感官的迷戀，擁有我後，只剩一串電話號碼。德環著我的肩，低下頭來尋找我的唇。他有些恐懼，怕我拒絕，鼻息在我頸邊顫慄。我抱著他的腰，安慰那顫慄，我的唇滑過他的髭鬚，與他濕潤的唇，接觸。急倏的分開，接觸。

在草原之夜，我緊緊抱著他的身體，唇又接觸，久久的不曾分開。我不需要知道他的職業，不需要顧慮他的妻子。黑暗的愛，在天亮時，會像一縷煙，在陽光中倏忽消失。尹有妻子，德有妻子，我有丈夫。他溫潤的舌尖在我的嘴裡游動，我想擁有他，他也想擁有我，他的身子整個罩住了我，像怕失去我，兩條手臂緊緊環住我。

牛鈴聲響了，那頭牛又踱回來了。我掙開他的手臂，滾了兩三步的距離，坐起來。問他：「可以回去了嗎？」

他說可以。我們拍掉身上的雜草，對這個陌生的男人，我開始感到不安。

隔天一早，我們往鐵力士山。坐三百六十度旋轉的纜車登到山頂上，山上雪薄，有些地方雪已化了，遊客爭道，滿地滑腳的泥濘，失去雪的壯觀。穿過泥濘地，我仍走到較高處雪厚的地方，蹲下來捏了一把雪，擲向對面廣大的巍峨山峰。我在尋找一個身影，四處眺望，看見他挽著曼從泥濘的下坡走上來。我刻意迴避，在他們上來後，我回到下坡的地方，他戴著太陽眼鏡，並沒有望向我。啊，我渴望他的身影，在昨晚之後，而他終不能屬於我。他屬於曼，我知道絕望之必然。

鎮日在瑞士，我無心無緒遊街，在巧克力店買了巧克力，像一個觀光客到這裡來會做的那樣，還買了一把瑞士刀，雖然家裡已經有了一把。總要隨俗的，在必要的時候。大多數人認爲婚後該生兩個小孩，我就生了兩個，像多數已婚者那樣。在鐘錶店，曼戴上了新手錶，在團員之間展示，德也戴上了同樣的一款錶，他們看似天生一對。我替兒子買了一隻小小的咕咕鐘，取代鬧鐘提醒上學時間，瑞士刀送給丈夫，此外，我不再買東西了。我不需要新手錶，不需要任何東西，我怕太多東西堆積在家裡成爲生活負擔，有了七年家庭主婦的經驗，我厭惡一個堆滿物品的家，厭惡那些丟不掉又用不到的東西。除了荷蘭木屐開罐器外，我不再爲自己買任何旅行紀念品。

傍晚遊過盧森湖，我們換了一家旅館，明早要往義大利，我們試著轉換遊樂的心情，換上向藝術殿堂朝聖的敬重。這個晚上異常安靜，大家幾乎都在寢室裡看電視，或提早睡覺，補充連續幾天來消耗的體力。我還是走到戶外，在一排開滿紅花的走道上閒蕩，我緩步行走，像在期待誰發現我，跟上來。走了快半小時，始終沒有人走出旅館。沉沉的夜，彷彿充滿了旅人深眠的鼻息。

5

往威尼斯的途中，我們行經米蘭。巴士從北邊進入義大利，四周的景象迥異起來，公路旁的山區荒草漫長，破落的房舍荒置失修，一座山上焚著白煙，暑熱逼人。許多小汽車在公路上奔馳，在義大利，開越小的車子越省稅，這個以藝術珍品聞名的國家，也有知名的皮革和服飾、知名的汽車品牌，但多數人民開不起豪華的大車，也許在哪裡出了錯，虎視眈眈等待扒走觀光客財物的小偷布滿四周，威尼斯的水上人家多數人去樓空。

巴士司機回到了家園，臉上露出放鬆的愉悅，我們在公路上停車休息時，他走到商店裡，要了一杯卡布吉諾咖啡，和櫃檯的小伙子談天。導遊笑他，想念太太了吧。他靦腆的微笑，心思已經飄回了家裡。導遊說，今晚司機送我們進旅館後，她允許他回家和太太擁抱，明天一早再來接我們，他有二十幾天在接待旅行團，不曾回家。我們都對他鼓掌，鼓勵他回家。他的眼睛看看製咖啡的機器，又看看我們，不知看哪裡才好，只好一直笑著。

我們都叫了一杯卡布吉諾，有些人去打電話，德幫我付了那杯咖啡的價錢，他也替別人付。曼去洗手間的時候，他走過來，輕聲告訴我好想我。我濺出了一些咖啡，杯口弄糊了我的口紅。一個素昧平生的男子，一片美好的草原。曼出來了，他走到櫃檯那裡，又端了一杯咖啡給曼。

我也想他，想那片草原。和尹一夜情後，我以爲愛情將成爲我的瓶水，滋養漸漸乾萎的花瓣。我等待，不再能和丈夫做愛，等待尹在哪一天約我出去，等待他的柔情蜜意，等待用我的肌膚按浴他的身體；丈夫伸過手來撫摸我的乳房，在睡意朦朧中，我翻俯身體，用被單緊緊的包裹身體，將乳房壓在床鋪上，他無可企及之處。

一星期、兩星期，一個月、兩個月，尹沒再約我出去。我是從雲端摔下來的，一滴沉入海中不見蹤跡的雨水。我沉默，久久的沉默。每天下班回家，爲孩子做飯，將衣服丟進洗衣機，洗碗，讀幾頁書，然後，疲倦的，躺到床上。丈夫照顧孩子做功課，陪他們看電視節目，他上床時，我假裝已睡去，而我的夢裡一直有尹，一直有尹。

我也走出去打電話，我不知道台灣應是幾點，我想和孩子說說話，但家裡沒人接，打到丈夫工作的地方，也沒人接，會是假日，他帶著孩子滯留在外？我不知道現在星期幾，刻意的不要知道，在這趟旅途裡，時間不重要。我打了一通電話到巴黎，只是要證明吳的存在。仍然響了十三聲，沒人接聽後，我掛斷。

我把自己交給巴士，隨它要載我去哪裡。

經過米蘭，我注意商店櫥窗裡的服飾，現在我最常穿的是義大利製的衣服，看到街頭走著的米蘭女人身材高矮和我差不多，我感到十分愉快，在選衣服上，我知道什麼樣的剪裁和質感適合我。七年的缺乏穿著場合後，我不再虧待自己的身材，而且，我所剩下能夠炫耀青春美麗的時間已屈指可數了。根據醫學報告，女人四十幾歲後因爲荷爾蒙的變化，肌肉海綿組織會鬆弛，容易發胖，如果更年期提早到來，骨骼疏鬆的程度會更快，那時，再美的衣服穿在一個走樣的軀體上，怎麼也顯不出美的價值。服飾的得體，讓我對即將逝去的青春保留信心。

威尼斯的船夫爲我們搖櫓，行走在水上人家的巷弄裡，年年高漲的河水漫過一樓地板，將來，不知道哪一天，水都將淹沒了，那時候，沒有建築，沒有雕像，船夫不再搖船，城市將隱到海裡，成爲一座神奇消失的昔日繁城。河邊還有幾戶人家沒遷走，住在樓上，看著遊人坐船，聽著船夫唱歌，熱情的和遊客打招呼。

我和德和曼，和年輕人同搭一條船，德坐在我旁邊，在水巷的轉彎處，樓頂上一對老夫妻擲下一枝玫瑰花，正好落在我懷裡，老夫妻呵呵笑了起來，我拿起花和他們揮手，德一直看我，看我臉上的笑。我把花給了曼。她拿了花，好開心，說回台北要請我吃飯。

我幾乎是憎恨這個男人了，他擁有甜美可愛的妻子，還對另一位女士表示感情。更可憎的是這個女士，願意的，不拒絕的成爲那位欺瞞妻子的共謀。

我們所剩的同遊機會已經不多了，去了羅馬後，就是分別的時刻。德大概也感受到這點，我們在聖馬可廣場時，他殷勤地利用曼走離的時候，在群鴿與雕像間爲我拍照。其實我不需要他爲我拍照，我的室友可以幫我。他的殷勤容易引起側目。但他表現得毫不在乎別人，除了曼以外。

晚上住在威尼斯，我仍舊到旅館樓下散步，他沒有來，也許錯過了。

到了羅馬後，在現代化汽車阻塞的擁擠馬路上和歷史陳跡間，我迷失了時間方向，也更堅信時間是重疊的，不同的時間疊在同一個空間。這個人類文明發源地之一的地域，因羅馬帝國與天主教的密切關係，曾統治了大半的歐洲版圖，十五、六世紀，若沒有教皇以藝術活動來裝飾羅馬，歐洲的藝術就會相當失色，巴黎的羅浮宮藝術也要大改其貌。二次大戰，羅馬宣布爲中立國，義大利難民從各地逃來此地避禍，現在，有三百萬以上的人口居住在這座歷史古城，與歷史的輝煌毗鄰而居，卻小偷充斥，在神的轄區。

鬥獸場用四萬名俘虜花八年時間建成，羅馬人用來觀看殘酷的人獸爭鬥，會場可容納六萬名觀衆，殘酷的六萬人！往日聲勢只剩廢墟一片，和周遊其旁、對遊客演出竊盜記的無知孩童。

當地導遊帶我們參觀教堂，穿街走巷，豐富的遺蹟，遊客面對歷史大河，只能啞口無言。聖·瑪麗亞教堂的長廊盡頭，崁著一具眞言之口面具，那是位河神，傳說不貞的妻子將手放入祂的嘴裡，祂就會咬她的手。

團裡的女士玩遊戲般的，排著隊搶著將手放入祂的嘴裡，還拍照存證她的貞潔。我也將手放進那嘴裡，曼幫我拍照，我的手完好無缺，但我希望祂咬住我的手，讓我有痛的感覺。輪到曼了，她將手放進去，我替她拍照，她頑皮的對著鏡頭伸舌頭，然後將手抽出來，用力的甩著，臉上裝出極痛的表情，那動作帶著戲劇性，故意做一場不貞的表演，引起女士們嬉笑尖叫。她的太陽眼鏡下，浮著一張甜美微笑的紅唇，我拍下那紅唇，拍下那可愛逗趣的表演。

那一整天裡，我們在羅馬的大太陽下，奔走在幾個教堂間，幾個年紀大的團員顯出了不耐煩，抱怨爲什麼都是看教堂，好像在台灣趕廟會似的。

羅馬的精華在教堂，偉人也在教堂，來羅馬豈能捨教堂而他顧。萬神廟裡長眠的拉斐爾，以畢生精力研究古建築和遺蹟，留給教堂精美絕倫的壁畫，在三十七歲，愛情沒有著落，從暗戀的女子家中回來，不幾日就英年早逝，留給世人永恆的畫藝；米開朗基羅，一生與大理石爲伍，畫藝與雕刻同樣精湛，畢生的熱情奉獻給藝術，七十一歲受命設計梵蒂岡聖彼得大教堂，留下建築的典範。偉大的藝術家用全部的生命經營藝術成就，沒有雜質，沒有日常繁瑣，或者，他們因爲情感的壓抑，而有了偉大的作品。

我站在聖彼得大教堂右側小堂裡擺放的米開朗基羅二十四歲時雕刻的母愛雕像，聖母懷抱死去的耶穌，臉上有動人的無奈神情，和對上帝旨意的順從，母性從那神情流露。天下的母親都一樣，對她血脈裡出來的、比自己生命更珍貴的個體，永遠是奉獻與諒解。

這是個走馬看花的旅行團，在尋求每個城市的浮光掠影，羅馬的大與深，是旅程裡一個驚奇深奧的終點，使旅者了解在歷史過程裡，個人的卑微和有限。

明亮的西班牙廣場，有人作畫，遊客在商店遊逛，我登上臺階，俯視廣場如織的人群，俯視一個帝國的往事風華。這裡曾經住過拜倫、巴爾扎克、濟慈等詩人，一時多少風流文采，如今仍是遊客的中心，有豐廣文化背景的地方，每個世紀，都會有它的崇拜者佇足。德從臺階走了上來，我們並坐在臺階上，他主動告訴我，曼在逛皮貨店。

「羅馬太太。」他用嘆息的語氣說。

「知道世上有這樣一個包含豐富藝術與宗教力量的地方，走馬看花也是值得。」我說。

「可見妳還頗能享受旅行的樂趣。」

「既在旅途中，不就希望愉快嗎？」我回答他。

他在掏他的口袋，拿出皮夾。一邊說，明天就要離開了。

是，一早就要搭機回台北，回到促壅的城市，城市裡的車站，來往城內城外的人口，如蚍蜉，在狹小的呼吸空間彼此磨蹭、覓食，從車站踱到彼方，又從彼方移遷到車站的這方，一段旅程，一場生命的記憶。

他從皮夾掏出名片，在上面加寫了家裡的電話號碼，遞到我手上，握住了我的手，在我耳邊輕聲說：「打電話給我，我知道我們能在一起，妳有很吸引人的特質。」

他輕吻我的耳邊，然後，很快的收回他的唇。也許他怕臺階下有曼的身影。他沒有問我婚姻狀況，沒有問我工作。

我捏著那名片，沒有把我的遞給他。

在羅馬機場，我給丈夫掛了一通電話，說：「我就要回來了。」他問我：「玩得還好嗎？」聲音雖然仍是平淡，我已習慣了，習慣那沙漠般的單調。

我告訴他：「還算愉快。」

我把那張德給我的名片扔進電話筒旁的垃圾桶。未曾看那名片一眼。

我哀傷愛情變成一串電話號碼。

但我也知道在旅途中，每個人對景色的詮釋和喜愛都不同。我尋找我的景點。一直沒有放棄的，相信足跡未到之處，仍有繁花美景等在那兒，等待旅人用心的尋訪。

就像旅人已去的地方，在美麗的景點上，旅人佇足，在心上留下了一個不會磨滅的記憶。很久以後，記憶仍會在心上，永遠在心上。

台北車站

那些經過舊日車站進入城市，
呼吸第一口城市空氣的人，
有的頭角崢嶸，有的沒沒無聞，
有的仍舊透過新車站連繫鄉愁。

就在社會消費能力蓬勃不衰的時節，湧入城市的人口有增無減，從郊區趕火車、搭汽車進城上班上學的人潮在街道間推擠壅塞，街道成了無數條緩緩蠕動的蟲虺，車金屬板反射燐燐游動的光芒，使整個城市彷彿披了一層閃動的鱗片，爍爍生光。

新式大樓或從人人噤聲的大墳場聳然矗立，或從陳舊的樓群間向高空挑起，鋼骨和玻璃帷幕從工人的手中堆築起高傲的姿態，在陽光下，孔雀般的張起屏翼，誇飾身體的光華，和那些坐在高級餐廳裡享受魚翅鮑魚的紳士淑女們身上的衣著一樣，代表了城市展現華美富足的方式，把過剩的鈔票拿來裝飾有形的建築和不虞飢餓的腸胃。

承載城市交通人口的台北車站，在魚翅鮑魚的鮮味薰陶下，像顆負荷不了腸胃強烈蠕動的老邁心臟，積垢的氣管不時發出喘吁吁的沉滯聲，每天從那裡進城上班上學，從那裡轉車、回鄉、趕國際機場的人潮踏在它老邁的心臟上，周圍的動脈不得不因緩慢的血流而阻塞不通，人潮只好把自己的時間無限制的消耗在車陣與等待中，他們希望一天能多出幾個小時，以彌補交通時間上的損失，分毫無差的執行思考了數年才見端倪的生涯規畫。

六個月台代表不同的方向，在第一月台，提著大小行李的一家人匆匆從電梯奔下來，他們找錯了方向，從錯誤的月台回到第一月台，登上停在那裡的列車，當丈夫拎著大行李跨上車廂時，列車正好啓動，妻子站在乘客擁擠的車廂前頭，數落丈夫尋找月台時的欠缺機伶，害她心跳瞬間增加了一點二倍，因怕六歲的兒子滾到車輪下，還把兒子的手腕握出一條紫色的掐痕。丈夫低頭檢視車票上所列的座位號碼後，把四張車票放回上衣口袋，在口袋外又摸了一次那四張硬硬的車票，確定很安全的躺在口袋底，才放心地帶著惱怒的妻子和兩名兒子穿過站立的人群，到下兩個車廂尋找座位。

全台北最老的車廂滑進第六月台的軌道，發出嗚嗚的喘息，未曾斷缺的人潮跳上車廂，車廂裡有時候是情人座，有時候是兩排對坐的長椅子，但從來沒有空過，到士林、北投、關渡、淡水的乘客都在第六月台上車，提著公事包的上班族、抱著嬰兒的婦女、到市集販賣土產的商販、手握幾本書或背個小背包的學生，把往北市郊的車廂擠得風光旖旎，火車一出了北投，緩緩開向淡水的途中，確實風光旖旎，漸趨低矮疏遠的建築和左邊邈邈的淡水河，散發一種老舊的情懷，緩和了城市急亂的生活節奏，車上演奏手風琴的孩子和漆色斑駁的車廂，讓搭火車意外地成爲一趟撫昔追往之旅。於是有人特別爲了浸染古樸的舊情，把列車當成觀光據點，坐在窗邊嗅聞河的氣息，到淡水小鎭的渡船頭吃碗魚丸湯，看過河邊落日，又搭著火車，遙看淡水河對岸八里的燈火。和魚翅羹相較，一碗魚丸湯是多麼平民而容易達到的享受。後來列車停駛了，沉寂的河岸等待新的捷運工程，追昔的人們好像被攔腰砍斷了一種生活方式和在城市裡調節空氣的自由。

假日時分，火車站前後的公路局售票窗口和登車門前，往其他城市的人潮繞了幾個圈，整個公路局車站被幾條蜷曲的困龍包圍，湊客司機在車站入口處招攬客人，他們的小客車堵在車站附近，行人得繞過那些車子才能進入車站，這明顯的路障一向乏人取締。提著大行李的老太太佝僂著背，邊詛咒邊吃力的從兩部銜接的車子間奮力鼓起腰力，將自己推進車站，趕時間的乘客鑽進小客車裡，等待司機拉湊其他乘客；來到車邊的一位小姐，跟司機討價還價，司機以低於其他乘客的價碼湊合了這第四位乘客，隨即快速進入駕駛座，踩足油門開往高速公路的方向。浪震的引擎聲驚動了婦人懷中的嬰兒，哇哇啼得婦人心急如焚，趕快找到一個可以坐下來的角落，掏出奶子餵食嬰兒，嬰兒邊吸吮溫熱的奶水，黑白分明的一對眼睛盯著牆面上厚積的一層污黑油垢，最後打了個嗝，溢出幾口奶，把媽媽漂亮的衣裳印出幾朵綿軟的白雲。

從整個大車站的任何角落，隱隱約約可以聞到一股污穢的氣味，晚風將忠孝橋下乾涸的河川積穢腐味送到車站，和汽車廢氣在空中打了個響擊，每個在車站裡行色匆匆的人被這響擊震出一身汗，黏答答的和衣服上的塵埃磨蹭著，城市頓時悶熱難耐，從公車搖晃到家裡的行程緩慢又顛簸，汗臭相沫的傍晚，公車上的人們屏息等待回家洗個澡，清清爽爽的擁有學校和辦公室以外的私人生活。

餐廳廚房打烊後倒出的大量殘肴、家裡無處可堆疊的舊衣和華美的商品包裝廢料在城市的大街小巷傳出各種不同的氣味後，台北車站決定改變它幾十年的面貌，和滿城的鋼骨玻璃帷幕大樓共同陳述城市的文明，做爲首府交通樞紐的車站應該有大城市的格局，承載城市由數十萬人口暴增到數百萬人口的六個月台軌道應該功成身退，老軌道應像老舊的街道一樣，沉入繁華城市的過往記憶，讓未來的居民捕風追影的想像昔日面貌。

人們等待城市創造交通奇蹟，期望再也不必背著沉重行李爬上陸橋，鑽入地下道，又走過月台樓梯，肩膀磨出瘀紫的血絲，仍只買到站票，在火車裡搖晃了數小時才終於躺在家鄉那張舒服的床，把腫脹的雙腳用兩個枕頭墊高，用死屍的睡姿沉沉睡了個解除疲勞的大覺。

風沙吹拂站前廣場，大興土木的樞紐之地展開交通管制，偶爾路經此地的闖入者，因「改道行駛」的號誌而在站外的道路無頭蒼蠅似的碰上了幾個單行道，不知走了幾個錯誤的方向，在城市裡迷航，因著路人的指點才找到一條可以通向目的地的道路。

新車站的面貌隨著鷹架的拆除，像個衆人仰望的雕像一寸寸露出肌理，每天經過那裡的人們，從車窗打量肌理的美感，耐心等待它全貌站在大太陽下的英姿。在這同時，城市之東像條猛龍，竄升蒸騰的財富之氣，財閥爭相買地蓋樓。住在陋巷裡世代撿拾舊貨販賣的瘦漢，一家七口擠在二十來坪的房舍，利用先人留下的房旁一塊與墓場遙望的土地堆積貨物，蒐舊貨的推車風侵雨浸，鐵輪銹成一圈不經柏油路面的薄片，推起來格外吃力，妻子每天去裁縫店當車工，自給自足還補貼家用。財閥來買地，一開價就是十根指頭數不出來的價錢，妻子拿香拜祖先，瘦漢到老牌友那裡當莊家，兩夫妻爲了一筆未到手的錢財吵起架來，婆婆聽說要賣祖產，突然病倒床榻，咳嗽聲音穿過幾戶人家，大家以爲一種新的傳染病正散播開來。

東區無數商家燈火通明時，新的車站啓用了，火車駛進黑幽幽的地底，低矮的月台與大廳瀰漫地底的濕氣和幽暗，昔日照著月台的陽光被高聳的大樓遮蔽了，新的售票機器前，因過多的人潮而排起長龍，幽暗的通道進駐商家，等車的時候可以走進商家瀏覽商品，或找家餐廳裹腹。有人特地來車站逛街，背著卡通圖案的年輕人已然不記得舊車站的模樣，他們認爲車站有書店、服飾行、禮品店是天經地義的事，這些商店卻搶走了車站外商家的生意，聞名的書店街逐漸被餐廳取代，服飾店被新起的百貨大樓搶去人潮。新車站興起，好像做了一次世代交替，習慣舊車站的人們從幽暗的地下月台走出來，在大廳的東西南北四個出口找不到哪個才是自己該去的地方，年輕人卻快速的從寄物箱取出自己的背包，大步跨向每日走慣了的出口。

鷹架一塊塊拆除時，敏感的人們便對大樓的英姿不再寄予想像，樂觀一點的人們則始終相信灰樸的外牆還會有一層粉飾的衣裳，直到正式啓用，人們終於相信，大樓的存在就像一張缺乏主要畫面的圖畫，無論從哪個角度看過去，都是灰樸樸，一啓用就顯陳舊的無數根水泥柱子。和對街而立的百貨大樓並比，好像是一個缺乏企圖的實體，在城市裡扮演忠實守份的運輸工作，不爭奇鬥妍，卻又讓人質疑既有以百貨形態經營的理念，如何沒有爭取外在吸引力的雄心，於是百萬人口進出的交通樞紐缺乏重點之議不脛而走，耳語相傳變成城市缺乏重點。可是過往車站的人不在乎這些，他們比較在乎要不要在售票機前排很長的隊伍，趕時間時偶爾抱怨爲什麼不多設幾部售票機，他們也在乎車子有沒有準時來，在商店流連時，會不會忘了上車的時間。

在變動的城市，人們對交通工具的喜好也隨著環境的改變而變動，高漲的火車票和在高速公路上壅塞十小時找不到一個停車位上廁所的慘痛經驗，迫使人們開始精刮的核算時間和經濟效益，往空中運輸靠攏；搖晃的公車和惡劣的服務品質，讓剛在社會上做了兩年事的年輕人決心分期付款買部小車逍遙，過多的車輛擠在城市的大街小巷，搭車的人口疏散到馬路上了，新車站雖偶爾有點冷清，但每日仍有許多上下班、上下學的人潮從四面出口進出，倒是不斷增加的車輛成了馬路上蔓延的腫瘤，人們預測，毫無管制的車輛自由買賣，終使無地可用的城市被車輛塡滿。

那些經過舊日車站進入城市，呼吸第一口城市空氣的人，組成了城市的主要人口，他們散布在教育界、工商業界、服務界，有的頭角崢嶸，有的沒沒無聞，有的坐在私人轎車裡，未曾見識新車站，有的仍舊透過新車站連繫城市與家鄉的情愁。

一位多年前從舊車站提著簡單行李來到城市的男士，已然成爲富商，有天歡宴賓客後，突然緬懷起當初站在車站前，舉目望見眼前高樓而決心在城裡奮發圖強的心情，開著安靜無聲的轎車趨向新車站，卻在周邊新設的道路迷失方向，車後輕輕揚起的塵埃靜靜落回路面，他仍奮力不懈的尋找一個正確通往停車場的方向。時間一分一秒過去了，繁華的城市，精巧的人、平凡的人，突然在某些情境某些時刻，在群樓叢林裡苦尋不著出口。

早晨

爲了當個稱職的機械師，
他讓自己的日子像機器一樣規律，
他保養得最好的那部機器
就是自己。

他的手被機器軋到那天，剛好家裡的水龍頭軟套鬆裂了，水滴答答流下來，清晨的城市似乎漫淹在水流中，聽起來有點像逐漸甦醒的大街小巷鬧腸胃絞痛。他披起外套，匆匆到街上尋找五金行，煎烤著漢堡三明治的早餐店前吹著一股油膩的風，路邊的燒餅豆漿攤子飄出豆香味，那是每次妹妹從美國回來非吃不可的攤子，妹妹坐在那裡，耐心等待老闆把油條的胚形放進油鍋裡，油條倏然膨脹，變成金黃色，妹妹臉上露出滿足的神采，那時他想，妹妹大概美國待久了，過慣了簡單的日子，一碗豆漿、一根油條就可以換取幸福的笑容。

想到妹妹，心裡有絲淡淡的懷念，那是遠距離造成的一種見面不易的感傷，可這懷念很快被他忙著找五金行的著急淹沒了。他半跑著，自己的身影逐漸被陽光拉長，車陣也在他的身邊由兩個方向拉長，一天就要綿延下去了。一家五金行剛拉開鐵門，一個國中男生提了鼓脹的書包從鐵門下鑽出來，跑步到前面不遠的站牌。他向門內探了探，大聲問：「開店了嗎？」

一名婦女走出來，兩隻手往衣服的兩側抹去水漬，問明了他要的橡膠圈，從一格小小的抽屜裡抓出一大把，他只拿了一個，他從來不要多餘的東西，一個夠了，可以用上好久。婦女的臉上泛著油光，像睡了一夜，未曾洗把臉，對於幾塊錢的生意不太熱衷的給了一個冷淡的臉色就返身回廚房。他拿著那橡膠圈，半跑步回家，發現這個區域是他平時不會來的，這天有點走遠了，他跑了幾條街才回到家，開店門的商家比剛才來的時候多，他心裡籠上一層陰翳，聽到鐵門轉動的聲音，喀的一聲叩到門楣，他的腳像要抽筋一樣，猛然加快腳步跑了起來。

他到公寓頂樓，泥灰的露台上，幾座水箱凸露在清晨的靜氛中，附近沒有人影，薄陽落在幾盆盆花的葉脈上，水龍頭總開關銹了，他費勁旋轉，銹灰沾著薄陽落在他的腳邊，一天就要開始了，他有一種急迫的感覺，快速下樓回家轉開廚房水龍頭，把舊的橡膠圈拿掉，換上新的，剛把水龍頭轉回原位，又迅速上頂樓把總開關扭開。這是一家人起床趕上班上學的時候，馬桶沒水、盥洗盆沒水，也許會給生活帶來許多耽誤。他進門，把門叩出一個震耳的聲響，這樣似乎人家就不知道剛才的沒水是他造成的。

他坐在沙發上喘氣，妻子在狹長的廚房做早餐，柔亮的晨光照著她略爲臃腫的側身，在她生三個孩子以前，有一個苗條的側影，他第一次看見那側影是在擁擠的火車站，人群熙攘間，他的眼光像鷹鎖定了獵物一般，無法從她的身影抽離。他跟隨她到最後一個月台，那其實不是他要去的月台，但他放棄自己手中的車票，在浪潮推擠般的人潮裡和她一起塞進第七車廂，燠熱的夏天，她的長髮在腦後紮成一束，頸項微沁的汗水映出一片光亮的膚色，火車緩緩滑動，那片光亮也跳動起來，他盯著她安靜的側面，心裡卻像有一股漫夏惱人的熱氣襲來，越想趕走那熱氣，越覺不可遏止的熱。檢票人員來驗票，他伸手掏鈔票，才感覺手心發了大量的汗，黏附在鈔票上，他只有在緊張的時候手心才發汗，等他拿了票，又掏出手帕擦拭了手心，她不在那裏了。

以後他每天下班後去火車站等火車，總是選在那天的班車時刻到她等火車的月台，連續一個月，沒看到她的身影，那天就成了場夢境，他懷疑她只是幻影，他在燠熱的夏天做了個寂寞的幻想罷了。

他如常回到自己的月台，搭上往南的列車，火車穿過密集的城市叢林，經過郊外疏密的房舍後，又是一群密集的樓群，台北車站前的高樓總是在他心裡投入一片暗影，直到他從桃園車站走出來後，還不能抛去。回到只有兩層樓建築的社區，雖然那塊暗影有些縮小了，又覺這個安靜的社區老舊得像個死城，只有晚上人家傳出的洗碗聲和洗衣機馬達聲帶動一點生氣。

樓下是哥嫂一家人，樓上住他和父母，妹妹在美國讀書，他覺得自己該搬出去了，雖是父母的家，也覺是寄在兄嫂籬下。一走進社區，就好像後面尾隨著一個落寞的影子，他回頭一看，什麼也沒有，自己的影子被前後的路燈交叉成一淡一濃的兩條身形，他用腳踩了踩那身形，三條人影就那樣在巷子裡驚跳了起來。

也許是不死心，也許是冥冥中的宿緣，有天他下班晚了，到火車站時已將近七點，他匆忙跟著人群湧向剪票口，爲了趕火車時刻，人們老是把自己變得匆忙，他常想，車票上不要劃上時間多好，可以對待自己從容一點。他的背包抵著別人的肩膀，裹頭空便當盒裡的一隻湯匙發出叮噹的聲響，這只有他敏感得聽得到的聲響帶給他自卑，自己像在學校裡畢不了業的學生，老帶著媽媽便當裹的叮嚀當一名聽話的學生，安靜的坐在教室裡。畢業這麼多年了，他覺得自己和坐在教室裡吃著便當的學生沒什麼兩樣，安份守己的在工廠裡當一個盡責的螺絲釘。

現在他清楚看著妻子那天從他身邊擠過，把他背包裡的便當磨撞出一聲更大的聲響，使他誤以爲背包掉到地上，妻子穿著白洋裝，那種白像從烏雲裡蹦裂開來的一束燦陽，透著黃色的光芒，壓迫似的將自己從剪票口推出來，他追上她，和她並走，她側過頭來看了他一眼，嘴角釋出一朵微笑，他顧不得想後果，只不願讓這次又像夢一樣消失，他對著那朵暗地裡鼓動他勇氣的微笑問，小姐住哪裡？可不可以和妳做朋友。

這開場白好像普通得不能再普通，他的人生是沒有預計的，沒有辦法爲了一個預測而準備驚世駭俗的開場白。妻子沒有拒絕他，也許對於緣份這樣的事，誰也沒有辦法預做準備。

妻子此時站在廚房裡，略爲臃腫的側影扭動他剛修理好的水龍頭，生活變成一種修修補補的工作，有時是塡塞財務的缺口，有時是彌補言語的失和，喜歡笑的妻子，結婚十幾年後，臉上不再有如花蕾初綻的笑，他在她臉上看到庸俗而平凡的神情，和所有湧進市場裡購買生鮮蔬菜的中年婦女沒有太大區分，如果現在他又在車站看見她，也許不會在人群中特別注意她。原來他也不該寄望她有異於常人的氣質，他自己就常常坐在沙發椅裡，什麼也不做的盯著電視看，妻子叨念他疏於分擔家務，他任自己的肌肉鬆弛，他仍然像依賴母親一樣的依賴妻子爲他做好中午的便當。

可他今天爲家裡修好水龍頭了，這天看來充滿希望，兩個兒子分別在兩間浴室盥洗，聽到那嘩嘩的水聲，他滿足的從沙發上站起來，走到大兒子那間，髮禁解了，大兒子仍然理平頭，打赤膊刷牙，手臂上結實的肌肉隨著刷牙的動作一緊一鬆，整個人像一株春天新發的枝幹，猶勁有力的晃著新葉，他含著滿嘴泡沫，回過頭來用剛要變聲的嗓子啞啞的問他，爸，你要做什麼？

他馬上退出來，並且打消去探視小兒子的念頭，以免他的探視變成打擾。平常這時候他埋首看報紙，餘光閃過孩子背著書包出門的身影，門板回扣的聲響打破靜悄悄的廳堂。然後他吃過早餐，接過妻子遞來的便當，和妻子一起出門。日子有點像拉彈簧，重複的拉過來拉過去，固定的節奏，慢慢的拉出鬆弛的疲乏。

孩子匆忙用過早餐後，穿起看來笨重卻價格昂重的球鞋出門，像往常那樣，沒打聲招呼就下樓去了，他很不喜歡年輕人流行的這種造形奇特到把腳放大了半倍，走起來輕飄飄不帶點聲響的鞋子。家裡像養了兩頭貓，悄悄的就不見了身影。今早他修了水龍頭，起碼孩子們該注意到這點。

他和妻子相偕從公寓下來，各自往所屬的公車站牌走去。

現在他們不搭火車了，結婚後，他在工廠附近買了房子，妻子原來住在城市的另一端，隨著他搬到這一端，可是妻子一直不習慣，常常下班後仍搭同樣的火車路線回娘家，從娘家那邊打電話說，今晚不回來了。他很努力去解讀「不回來了」對一個家庭和一個丈夫的滿意度所代表的含意。妻子把自己打扮得青春洋溢，和昔日同學或現在的同事聚餐晚宴，而他的同學大多住桃園，平日裡和同事也不來往，他既嫉妒她的活躍，又對自己的沉悶感到自卑。

妻子第一次因懷孕的噁心而抵在洗臉槽上泛著淚水乾嘔時，他心裡浮起欣慰而踏實的快感，他攀住妻子的肩，推撫她瘦平的背部，從頸脊一直推撫到腰椎，像推揉一個嬰孩的出生。雖然他並不明白妻子眼裡的淚光是由於生理的不適或心理的反應，但那天起，妻子不再習慣性的搭往娘家的火車，她下班後就臥在床上，那張床像子宮般孕育兩個生命，一個將新來人世，一個將生成母體，他確實感到一種穩當的家的安全感，開始有在台北生根的感覺。他打理房間，購買傢具，把家的種子種在這地下溝渠橫陳的城市，爲了家的盤穩，也顧不得溝渠的水源環境了。

孩子接連而來，他覺得這顆樹有點出乎意料的蔓生，他以爲娶了一名以會計爲業的女子，經濟就有人做打算了，沒想到支付養育費還得有穩固而寬裕的收入當基礎，灌溉樹木的，不僅僅是水分，總要加點養料，包括經濟和教育這些愛情之外的東西。有了這個認知，他安份守己做事，工作不出錯，飯碗總還保得住，可以給孩子讀較好的學校，可以讓家像個家。

他帶著扎實的便當去上班，拎著空便當回來，沒有比把便當吃完更能表達對妻子的愛。但今晨他帶著扎實的便當盒，竟覺得十幾年就這樣過了，他第一次爲家裡修了水龍頭，以前水龍頭從不出差錯，原來一個早上除了看報紙等待便當裝好外，還有足夠的時間做點別的什麼。

妻子從路口的右邊出去，他則從左邊出去，他們在不同的方向上班，他回頭望了望妻子，妻子慣常沉默，好像把話都吃到肚子裡，那些原該說的話把她的身材撐胖了。今早她也沒特別對他修水龍頭的舉動表示過什麼。他有點沮喪，不由想起妹妹，妹妹每年從美國回來總會到他這裡住幾天，他每天早晨帶她去豆漿店吃早餐，妹妹搯著滿匙豆漿送入嘴裡，豆漿甜香的滋味轉換成她嘴邊漾開的溫美笑意，蘊含著平淡的知足，他覺得十分安慰，一碗豆漿就換取了溫美的笑意，他那時對她的反應感到受寵若驚，現在倒感激她居留那段時間，每個早晨透過一碗豆漿傳給他的暖意。

他拎著便當進工廠，從入門處就可以聽見廠內的壓模機器一部部扭動了開關，馬達嗡嗡運轉，不一會兒，就會有每隔幾秒壓印一個紙板的重擊聲，二十部機器的重擊，在三百坪的空間此起彼落迴盪。他在入門右邊的刷卡機上刷了卡，深怕在刷卡機接收他的員工卡號訊息而發出細細的列印聲時，重擊聲也同時響起。出勤列印單上出現一串字碼，時間標的是七點五十九分。十幾年來，假日以外的時間都遵守著一個時間的規律，在早晨八點前，把卡片餵到刷卡機裏，證明自己的職業人格從早晨就開始了。今天是最遲的一天，因爲花了點時間修理水龍頭。

機械管理部門的四名員工跟他打招呼，他把便當拿出來放在自己桌上，玻璃牆外的機器運轉聲音下冰刨般的震動地板，每個聲音都擊在他的身邊，他像站在一陣密集轟然的聲林之中，室內五張桌子的紙張輕輕抖晃，他的桌子和另外四張形成一個凸字形的排列，他每天都覺得自己桌上的紙張抖晃得特別厲害，他把便當壓在那些紀錄紙上，紙的最下緣有一個空間等待他簽名。在震動聲中，他坐下來簽名，眼裡閃過一縷嚴肅但滿足的光亮，使他暫時忘記一陣陣重擊的聲音，面前的四張桌椅安靜的站在晨間時分，機械師都去線上工作了，他從玻璃牆看見他們在機器之間穿梭。最靠西牆的三部輸送機已經開始出貨了，一張張熱氣未散的壓縮紙模在輸送帶上等待工人撿拾整理，坐滿輸送帶兩邊的女工，一大清早，即有一張倦容，垂著眼睛快速取下紙模。那種略顯浮腫的倦容極容易使他想起妻子，今早她默默的把飯菜裝入便當，低頭垂視便當的臉，就好像剛做了一場惡夢，切斷了睡意，人卻未從睡意中醒來。他走出辦公室，對一早送走孩子就把一天封閉在輸送帶上的女工油生憐憫，他從她們身邊走過去，像往常那樣，並沒有引起太大騷動。特別注意她們的倦容，卻使他心裡浮躁了起來。他希望她們能夠把注意力從輸送帶轉到他這裏，哪怕只是一秒鐘。

雖然一早機器就啓動，但這一年來，營業量不甚穩定，一個月裡總有幾天，有幾部機器擺冷門，機器也有了輪休狀態，輪休時，機械師就鎮日裡保養維護。機器都是老機器了，包括那三部輸送機，還靠人工撿拾產品，新式的機器多半全自動化，產品自動歸槽，幾份一槽的做最後包裝的工作。但公司一直延宕著，沒有斥資購買新機器的打算，機械師微薄的薪水付上一百年，還比全面換新機器划算，他們在幫公司延緩機器的折舊，自己卻有折舊的危機意識，製造業大量外遷，訂單滑向低價勞力的地區，影響所及，一來薪資提昇不了，二來連飯碗都不保，因此看到輪休的機器多，員工心裡難免籠罩猜測。可他相信訂單流失的情況會像烏雲一樣，來一陣就見晴朗了，他是這樣努力的工作著，他待慣了這地方，從退伍回來，當一名機械師，到管理四名機械師，這個生活空間的每一個角落都是他青春投注之所在，這個所在不會突然消失的。

八點三十分，例行會報在會議室召開，通常會議討論的重點集中在業務、品管和一些人事紛擾，他偶爾報告機器狀況，但他管理的機器維修得很好，在公司不加新型機器的政策下，他沒有什麼研發工作需要會報。他像平時那樣，有點百無聊賴的走進會議室，會議室裡卻有一股異常安靜的沉重氣氛，一級主管不再交頭接耳，個個坐等廠長，廠長進來了，一開口就說，董事會正在考慮關廠，因爲連續三年虧損，訂單都流向東南亞和大陸，更糟糕的是，削價競爭，相差無幾的材料費可以討價還價，勞工費倒是爭不過東南亞和大陸。廠長的宣布，大家面露無奈，這個廠不是董事們的主要事業，玩虧了就想收廠，專業的人難免氣憤不平。他坐在會議桌前，對以下的討論不太能聚精會神聆聽。他不相信董事會決定關廠，這些人只是杞人憂天，機器每天都在運作，輸送帶一早就出貨，偶爾幾部機器休息算得了什麼。

他相信存在的東西不會突然消失。他走出會議室，以爲有什麼絲線絆住他的腳，低頭一看，倒是什麼也沒有，兩隻褲管頂在鞋上，和平常沒什麼兩樣。他大步走，以確定眞的沒什麼東西絆住他。

操作壓模機器的一名上了四十年紀的女工叫住了他：「李科長，這部的溫控又出問題了，沒辦法印模。」

他把溫控箱打開，一隻死老鼠焦黑的卡在儀板表下，嘴裡銜著兩根斷裂的電線。他關掉機器開關，從腰帶上的小工具包掏出小鑷子把老鼠夾出來，丟在一旁垃圾桶裡，焦黑的鼠屍竟還飄過一縷香味，那名女工念了一句阿彌陀佛，看機器停止運轉了，就往茶水間走去。他把電線接上，黏裹上一層膠布，啓動電源，儀板表的指針回到正常位置，機器又發出一陣加溫的聲響。

他覺得有點頭昏，今天這些機器聲響像在侵蝕他的腦神經，有點負荷不了。他伸手摸摸機器，溫度在增加中，他回到辦公室拿出便當，那名女工站在茶水間和別人聊天。他把便當放到機器的上部平台，那是一個便利的保溫板，藉著機器溫度，正可以把便當溫熱。

溫度到達壓印標準，他坐在女工那個位置，正巧女工回來了，他扳動壓印鈕，等待紙模從高溫壓印口釋放出來，他一邊檢查旁邊的軋洞機，確定沒問題，就把剛釋放的一張紙模定位，拉動軋洞桿，手指來不及抽回，軋洞口快速落下，左食指噴出一條血柱來，女工的驚呼聲一落，他的右手已掐緊了自己的左手食指，長著指甲的那一塊不見了，女工持續驚呼，在他身邊團團轉的替他找失去的那截手指。生產線許多機器停工，人群圍過來，更多人替他找手指，他蒼白著臉，感到神經的抽痛，血液滑到手腕，往兩肘分布，圍聚躁動的人群昇騰機器散發的悶熱，他覺得自己快呼吸不過來了，不知誰幫他壓住那隻受傷的手指，兩名壯漢把他抬出來，他被推入一部汽車後，抽痛加劇，像進入一場夢一樣，不知道這個漫血的傷口是不是在夢醒之後就完好如初了。

是一名老同事把他叫醒的，他在醫院裡睡著了，本來一個手指斷了，麻藥不過打在局部，他卻躺在急診室的病床上似昏似睡的失去知覺。醒來只覺滿目瘡痍，急診室有病人躺在病床上呻吟，有掛著點滴蒼白著臉一聲不吭的，他的床在走廊上，護士走動的白色身影和病人家屬等待病房的焦急神情，使走廊注滿與死亡接近的氛圍。他立起身子，在刺鼻的藥水味中嗅聞自己手指的狀況，食指層層包裹的繃帶密貼中指，他摩擦兩隻手指，繃帶粗糙的紗紋觸動中指敏銳的神經，但食指隱隱的抽痛反應了麻藥的漸失作用，每抽痛一下，他就感到繃帶內那截斷指蠢蠢的腫脹著。

「斷掉的那截呢？」他問老同事。

「送來時，已太遲了，接不上了。」老同事說。

這早晨他失去了一截手指，這手指像發焦的鼠屍般給扔置在醫院的某個廢置器官處理箱裡。

「醫院要我住院嗎？」他問。老同事顯得有點為難，那些呻吟、等待進手術房的病人尚且等在走廊上。

這時，妻子從走廊一端走過來，檢視了他的傷口，到醫生那裏詢問了什麼，就回來說：「醫院沒病床，交代我們回來檢查傷口就行了。」

「我的便當還在公司裡，妳去拿回來。」

老同事說：「別了，她帶你回家，晚上我順路給你送回家，你放在哪？」

「那部機器的平台上。」

「你要請幾天假？」老同事問。

他有點猶豫，看著巨大的繃帶，估計抽痛的承受度。

「先替他請一個星期吧。」妻子說。

「我沒請過假。」他說。

「我記得。連我生產那天你也不請假的，可是現在你的手受傷了，公傷假，你怕什麼？」妻子說。她把他扶下來，肥胖而溫熱的體溫貼著他，手指的抽痛好像稍微緩減了。

可是坐在候診室椅子上等待妻子繳納醫療費時，抽痛似乎又加劇了。

第二天早上醒來，他聽到浴室的盥洗聲，大兒子的漱口聲比往常大聲，他聲帶發出來的聲音粗嘎嘎的，可能平時他不像現在這樣躺在床上，像吸音器般的靜靜聆聽家裡的聲音。可是那種過大的盥洗聲淹沒了別的東西的存在，包括他自己，在那聲音裡縮小了，他像被那聲音遺棄了，兒子們應該注意到他今早沒在客廳看報紙，應該知道手傷使一個拘謹的父親更期待關心。

盥洗聲停了，一個清晨就好像要過去了，腫痛的手指令他一個晚上輾轉反側，越睡不好越不想起床，昨天這時候，他早已修好水龍頭，坐在客廳等妻子替他做好便當，今早沒聽到妻子炒菜的聲音，倒是傳來妻子向兒子交代自己買便當吃，原來少了他帶便當，妻子一早就不必忙碌了。

他還是起床了，穿著睡衣走到客廳，兒子正準備出門，大的問：「爸，好一點沒？」小的看看他的傷口，一聲不吭的撫摸掛在肩上的書包。他用完好無缺的右手替小的拉好書包背帶，對兩個兒子說：「只是一截手指頭而已。」

他們又穿著那種靜巧無聲的球鞋出門去了，岳母從外面進來，手上提了一大袋的物品，用和妻子一樣冷靜的口吻問：「要緊嗎？」

「只是一截手指頭而已。」

妻子出來招呼，和母親一見面就說今天請了假，得回醫院複檢。

「一早就出來搭火車，學生和上班的人很多，來妳這裏很不容易。」

「同一個城市，火車再擠也算近。」

他藉故頭暈，回到房裡躺下來，岳母來看他，他卻有莫大的心理壓力。妻子多半自己回娘家，爲了這點，他在爲人女婿上有點心虛，寧可娘家的人有一天消失了，不干涉他們家的事，爲了手傷，妻子通知岳母過來，他感到有點悶悶不樂。躺在床上，飢餓的腸胃刺激他的神經質，岳母特別壓低音量的談話越發引起他的好奇，即使一個杯子輕放在桌上的聲音他都聽得一淸二楚。

「以前那個斷手，我們不同意，現在這個斷指，我看這是妳命底帶來的。」

妻子沒有聲響，很久以後，才聽到妻子在廚房的方向窸窸窣窣啜泣，他彷彿看到妻子第一次懷孕時抵在洗臉槽上哭泣乾嘔的身影，他全身有一種既抽緊又飄浮的感覺，希望有個綳帶把全身綑起來。他沒有請過一天假，爲了當個稱職的機械師，他讓自己的日子像機器一樣規律，他保養得最好的一部機器就是自己。爲了讓家穩穩的在這個城市生根，他寧可當守著時間紀律的機器。

可他現在好似嗅到了滿腳生蛆的腐朽氣味，急於逃離潰爛的傷瘡。妻子把早餐送進來，放在床頭櫃，說：「你吃過了，叫我一聲，我就來收。」然後走了出去。

他好像看到那個潰爛的傷口在一個以女傭自況的女子身上不斷蔓延，他不確定自己在十幾年前，是不是在台北車站撿回了一個失去人生熱情的軀殼，而他在這軀殼之外，努力的建構一個家的殼子。這殼子卻像浮在沙洲上，狂風一來就鬆動了。

他不想去動那早餐，半昏半沉的，看到一顆大樹底下縱橫的溝渠挖空了地基，根鬚在污髒的溝水中腐蝕成一絡絡爛泥，廠長陰鬱的臉色從那絡爛泥浮起來，又被一具具的機器壓下來。他驚覺醒來，妻子站在床邊問：「怎麼不吃早餐？傷口還在痛？」

他將身子翻到向窗那面，還是早晨的陽光，經過陽台顯得薄弱。

他說：「下午回醫院複檢後，我想回桃園住幾天。」

「怎麼想回去？住家裡不是很好。」

「我就近到桃園的醫院檢查傷口，妳在台北，專心上班。」

妻子不置可否，他聽到她把早餐端了出去。漸離的腳步聲，他不知道她臉上有什麼表情，但他不要她看到他的，他的眼睛有點濕潤，他開始面對那個問題了，如果工廠關閉，他該怎麼辦？

行李

她拒絕成爲國外導遊，
因爲不要帶著沉重的行李，
她的人生不要有
負擔。

拖著行李踩上火車站的階梯是件苦差事，尤其是八月大熱天，那天她穿了一件輕薄的黃衫，胸前滑溜下來的汗水印出胸衣的蕾絲花邊紋路，她用手腕搧涼，手腕擱到胸前，潛意識裡希望胸前的汗水快速收乾，可越搧越熱，腳邊這隻行李更不聽使喚的老是滑到一邊去，她得用力把它拉回來。

原來只預備裝一層，媽媽不斷催促多帶衣服，不得不把環繞著行李外層的拉鍊拉開，行李就鬆出一層來，高到她的腰部，這也是當初買這隻行李的作用，用最便宜的價錢買最大的容量，可是把容量塞滿了，她心裡漸漸自卑起來，身旁走過的年輕人都是輕便的在肩上掛一隻背包，難道他們不是北上來讀書的嗎？他們不需要帶些隨身衣物寄居到這個城市嗎？他們走路爲什麼那麼快，總是有人擦過她的行李，讓她更加費力的把行李拖上一級一級的階梯。

穿過地下道，感覺有點像是走迷宮，販書的攤販站在人群中介紹一本新譯的日本暢銷性學之書，封面躺著一名女性柔美的胴體，許多人圍聚在裝書的兩大紙箱邊等著找錢，賣女性飾品的、賣服裝的，占滿了一半的地下道，她挨著牆邊閱讀路標，被人潮擠了出來，確定了方向後，又拖著那隻累贅的行李往上爬，抬頭看到站牌在人群掩映間，一分心，右腳踢到行李，差點連人滾下階去。後面伸出一隻手來，問她：「小姐我可以幫妳提嗎？」

這聲親切的問候，像把鑰匙，開啓她對一個陌生城市的陌生印象，以後她花了很多年尋找這聲親切問候，及那問候聲的主人，就算是個影子也好，可是人海熙攘，擦肩而過的人留下冷淡的表情，在城市的夜晚，初進台北車站的陌生感常常和夜色一樣不帶一點聲響就侵入了她的生活。

那問候清脆，帶點異國口音，她回頭望，年輕的男子標致乾淨，彎腰替她提行李，爬到人行道，年輕男子把行李還給她，大步往別的方向去了。他沒有問她要到哪隻站牌，他的好心點到爲止，她心裡萌發的感激正因爲那種沒有糾纏壓力的適時幫忙，在八分的給予之後，期待另外兩分。也由於期待，變成心事，總覺得一件願望未了。

那天從火車站出來，送別了年輕男子的身影，她就像塊巧克力，一接受了這城市的熱度，就注定要一步步溶化，越陷越深的，在異鄉當一名城市的導讀者，將每一條街當地圖索引，來回奔走，吐絲般的織下嚴密網絡，將自己緊緊纏繞。

她把行李提上公車，後面的乘客一隻腳已經跨上車子，半踢半踩的把腳壓在行李上，她站在靠門的地方，一隻手抓著行李帶子，一隻手緊拉住車環，覺得全車的人都在看她那隻笨重的行李。

公車浪晃大半個城市，把她放在她要註冊的學校門口，行李被她用力拖下車，底邊裂開來，最低層的書籍露出堅硬書背，行李的輪子在紅磚道上蛇般的扭轉，她每拉動，就擔心裂縫會因輪子的滯礙而延伸下去。

行李仍然是拖上了幾個轉彎的階梯，到她所屬的那個房間，書籍和衣服已沿路掉了滿地。她開了門後，把凹陷如爛泥的行李甩進房裡，回過頭來撿那些東西，幾個走過的同學，腳步從書邊行過，她看見她們時髦新穎的白色涼鞋，閃著嶄亮的光采，在她卑微的蹲姿中，肆無忌憚的行走在走廊上招攬陽光。

她把書揀起來，撢了撢上面的塵灰，人蹤過後的走廊飄浮起寧靜的氣息，她往樓下探了探，望見接近後門的牆邊，有個四方形開口的大型垃圾箱，她要把行李扔掉，這是在台北的第一天，她要先抖掉那個貧窮的行李。

她爲此做了一些功夫，比如每天固定一個小時去視聽教室聽語言帶，校園裡除了外文系幾位外籍教授象徵外語環境外，惟一能利用的，就是視聽教室。可是她也嚮往教室外面花花綠綠的世界，常常坐在教室裡，就注意起女同學的花裙子，自從打定主意用功後，天天穿著運動褲，無論坐姿怎樣都方便，也是衣櫥裡沒有太多選擇，乾脆不在穿著上費功夫。

有時候覺得房裡悶熱，套了耳機，拿著隨身聽和一本教材，坐到會客室聽英文，這時候不得不感到自己衣著上的尷尬，來會客室見男朋友的女生都做了適度的打扮，她戴著又厚又大的眼鏡，會客室全景反映在鏡片上，取代了一半的臉相，常日的運動裝和當便鞋穿的運動鞋從沙發上延伸出來，成爲一個引人注目的焦點。

同學開聯誼會辦舞會，鼓勵大家報名參與，她不登記也從來沒有人來游說，這讓她痛下決心，要過一個燦爛得讓她們望塵莫及的生活。

她的室友昭宣也是從南部上來，剛來時，給陽光曬得泛黑的臉上還看得見南部一襲鄉土氣味，不消半個學期，昭宣的皮膚變白，燙了一頭流行的波浪鬈，服裝也是當季最流行的樣式，雖然跟著流行顯不出個人特色，但流行本身就是風尚，昭宣把自己匯入城市的大衆生活，跳竄著一身都市感。昭宣每晚的例行功課是把衣櫥的衣服重新排列，把第二天要穿的衣服排在衣架的最前端。

「妳哪裡買那些衣服？」她問昭宣。

「少土了，地攤呀！地攤最常見的款式就是最流行的款式，價格又便宜，穿了一季就換新。」

昭宣的父母都是公務員，家裡兩姐妹看著媽媽自給自足買東西買慣了，對花錢自有一套經濟效益法則。她則從來不知道父親做什麼行業，父親一年有半年是休息狀態，四個兄弟姐妹全靠媽媽轉會錢養活。那天上台北穿的薄衫，算是她壓箱最好的一件衣服，還是姐姐留給她的。姐姐二十歲就嫁人，那時她讀國三，聽到讀高中的哥哥跟讀小學的弟弟說：

「姐姐肚子大了，一定得嫁。」

弟弟問：「爲什麼肚子大了？」

哥哥搗著嘴巴笑了半天，才附到弟弟耳邊說：「你去問她呀？」哥哥同時曖昧的看了正在做功課的她一眼，那樣子好像她將來也會大著肚子出嫁。她憎恨那眼神，覺得那眼神挾帶的邪惡輕狎和地獄相差不遠，她也憎恨姐姐二十歲就大了肚子。夜晚睡在姐姐身邊，趁她熟睡時伸手摸她的肚子，柔軟的衣服包覆著堅硬緊撐的肚皮，隱隱透著熱氣，像嬰兒的呼吸預先領略新世界略帶邪惡的空氣，她連忙把手縮回來壓在自己腰側，她所處的小小世界即將因爲這肚皮的不斷脹大而起變化，在深夜的闃黑中，好像有一對嬰兒的眼睛，在某處提前窺視這個家庭即將上演的悲喜劇。

果然婚後的秋天，嬰兒誕生了，哥哥結黨打群架，手無寸鐵卻愛湊熱鬧，在靠學校公車站牌不遠的廢鐵工廠殘垣下，一把扁鑽刺劃過他的大腿外側，鮮血淋淋注漫到卡其褲上，腳下的草色點染狂野的血腥。同一時間，姐姐產檯上的男嬰剛給剪斷臍帶，一條白毛巾從頭罩下，醫生輕抹一把，拭去他光身子上黏滑的胎液，哇哇的啼哭聲在產房裡迴盪。媽媽在傍晚時分從婦產科醫院走出來，騎著引擎聲有點刺耳的九十ＣＣ機車趕往外科醫生的手術房外，磨平了的輪胎在凹凸不平的路上輕顫跳躍，媽媽以爲那是心悸。到醫院時，她也在那裡了，哥哥蒼白著臉躺在病床上，媽媽一把掀起被子，哥哥赤條條的兩隻腳僵硬的攤著，左腿一塊大紗布遮住傷口，旁邊病床是給劃斷了腳筋的同學。媽媽把被子摜回他腿上，說：「怎不乾脆給殺死！」

不知爲什麼生了這個壞胚子，這是媽媽常常掛在嘴邊的話。她無聲的坐在崁在牆旮旯裡的書桌邊，躲避媽媽像雨一樣落下來的咆哮。常常給灌得濕淋淋。坐到天色曙亮，遠近人家有了動靜，確定一天又開始了，心裡才安適下來。

壞胚子長不出好芽，哥哥撐著枴杖回學校才兩天，一個女同學因爲懷孕正在辦休學，學校傳言是哥哥下的種，媽媽相信那傳言，並且斷定，人家不會把女兒嫁給一個可能跛腳的壞胚子，咬牙也要否認那不是哥哥的種，還可能逼得女兒去打胎。哥哥倒是不在乎，她聽到他電話裡跟同學說，「連她自己都搞不清楚那個孩子的爸是誰，凱子才承認呢！」她用鄙視的眼光看他，哥哥只是不正視她，埋在亂七八糟的房裡聽著亂七八糟吵嘈的音樂。

哥哥記滿兩支大過，給勒令退學，惟一的志氣就放在抵抗服兵役上，他幾乎搜盡家裡值錢的東西，變換成偏遠郊區一所私立中學的學雜住宿費。她以爲她念書的資產也給變賣光了。媽媽卻適時的說：「全靠妳了，好好給我考所大學。」

哥哥轉學後，爸爸也失蹤了，放在衣櫃裡的一隻小型簡便的墨綠色行李袋不翼而飛，爸爸僅有的幾件衣服也失去蹤影。他本來經常三兩天不回家，回來時就帶著壞脾氣，媽媽冷淡的臉上顯露極端的仇恨，把他惟一的一雙鞋戮了幾個洞，以爲沒有一雙好鞋他就不會出門。那雙鞋補了無數釘後，爸爸終於不回來了。

「要報警嗎？」爸爸兩星期未歸後，她問媽媽。

「那太愼重了。」媽媽腫脹眼瞼裡的那對瞳仁漠視一切的隱藏著對爸爸的喜怒哀樂，不再提起和爸爸相關的字眼。幾個星期後，媽媽開始替一家醫院做清潔打掃的工作，每天早起參加公園裡的晨光韻律操，中午休息時間從市場買回當天的食物，偶爾在那食物裡挾著一件便宜的新衣，並且在晚夜時分吹著口哨出門倒垃圾。

鄰居有時望著她家門扉交頭接耳，對媽媽的神清氣爽品頭論足，她上下學進出巷子一碰觸到鄰居好奇探詢的眼光，就低頭佯裝無視人們的存在，一條兩層樓對排的巷子衆聲喧嘩，每天都可以聽到某一戶吵架罵小孩的聲音，她家走失了一個人口算什麼。她這樣安慰自己以淡化人口失蹤的嚴重性。

有警察來敲門，據密報來做人口調查。媽媽很不當一回事的說：「我家先生很久不回來了。」

「知道他在哪裡嗎？」

「不知道。」

「爲什麼不報警？」

「他自己不回來的。」

「不知行蹤就得報警。」警察以質疑的眼光上下巡視媽媽，她和弟弟雙手緊貼腿側，注視警察那不信任的眼光所隱含的意圖。

「那我現在向你控告我先生不告而別，惡意遺棄我們。」她邀請警察坐入十幾年老舊的軟沙發，早已失去彈力的彈簧垂近地板，禿頭警察一坐下來，啤酒肚正好頂著下巴。媽媽開始哭訴爸爸的不是，從她出嫁那天賠了嫁粧就一直倒貼開始，痛斥他捻花惹草，把女人公然帶回家上床，罵這個不幸的遺傳基因也種在兒女身上，陳述他不務正業，自己印名片冠頭銜，卻老在工地裡運磚塊。說到四個兒女相繼出生這段，警察很吃力的雙手撐住毛球糾結的布套椅面，把自己像彈球一樣的從凹陷的沙發彈起來，要求媽媽和他回警察局做筆錄。

「怎麼，以爲我謀殺他嗎？那還得爲他想一個謀殺的辦法，我花這個腦筋不是又吃虧了？」媽媽還是給帶走了，一個小時後回來。對她和弟弟說：「警察想去找他，他們怕沒事做。作惡的人命韌，放心好了，警察不找，他外面活不下去了仍會自己回來。」

可是她考上大學那年，爸爸離家三年了，終究沒有回來。放榜那天，她和哥哥的名字雙雙掛在榜單上，哥哥高中讀了四年，外加重考一年，和她成了同級生，媽媽核對報紙上的名字，確定無誤後，一滴眼淚掉在報紙上，不偏不倚的把哥哥的名字圈出一環大水漬，媽媽一邊拿面紙壓乾水漬，一邊笑著說：「妳哥哥還不是爲了不要太早進部隊。」下午媽媽提了報紙和一籃水果，她問她去哪裡，媽媽說：「去廟裡給妳爸爸燒香，把報紙燒給他，歹竹也會出好筍。三年沒消息，說不定去西天逍遙了。」

帶著兒子回娘家的姐姐一跨門聽見母親這句話，不能諒解的睨視那籃水果，及從水果堆裡斜躺出來的榜單，說：「他若還活著，妳去拜他不是折他的壽？」

「憑他的性情，自己養不了自己，就算找到女人依靠，老要吃女人飯，遲早給趕出來。哪能三年無事。」

姐姐似乎對媽媽的肯定感到質疑，抽出水果籃的報紙，看到水漬上圈出來的名字，又把報紙擲回籃裡，拉著三歲的兒子，不知對誰說的：「拜一拜也好，若眞的死了去天上當神，也保佑我的丈夫找一份好工作。我要不是爲了減輕家裡負擔，省大學費用，哪會二十歲就去人家家裡吃飯，還被人家嫌。」

三歲小男孩站在一旁，安靜的聽著大人講話，一動也不敢動，好似一動就隨時有根鞭子會落下來，但炯亮的眼珠骨碌碌打轉，超乎童稚的一雙眼神彷彿在評估室內的一舉一動，窺視的意味早超越了眼神所能傳達的，使她以爲室內還有一對看不見的眼睛，冷冷的流竄一種未知的變數。

就在媽媽和姐姐彼此指責對方精神錯亂時，她的眼神和男孩的相遇，在跳躍著躁動氣氛的空氣裡，兩對眼神水亮亮的含笑。在那一刻，她很高興封住她的繭已在震耳欲聾的對罵聲中破裂，她腦子裡的行李已然成形，她要飛出這個家，困居的巢穴長期濕腐，她想去外面曬太陽了。

她抱著期待的心情去逛夜市，希望從那裡打造一個改頭換面的自己，從第一個攤子起，她就把自己的裸體套入吊在燈泡下的成排衣服裡，想像穿上那件衣服後的自己會是什麼模樣，一攤一攤想像下去，到了最後一攤，發現流行的衣服款式大同小異，便宜一點的，布料和做工粗一點，貴一點的，又太做作浪漫。她決定不要像穿制服似的盲從流行，她要與眾不同的快感。

所以大學前兩年，她仍然是一個樣子的輕便服造型，T恤、牛仔褲、運動服，一把遮掉三分之一臉的厚眼鏡，走到哪裡也很難惹出是非。但是大二升大三那年暑假，她在餐館和圖書館打工的收入扣掉學費和日常飲食後，累積下來的餘額，使她突然富足起來了。她摘下厚眼鏡，像拋棄一個扭曲的廢鐵罐，將它扔在眼鏡行的垃圾桶裡，隱形鏡片密合著她的眼球，臉上少了一樣東西，她從櫃檯上的橢圓形鏡子看見一張鵝蛋形的陌生面孔，不太確定那是自己，一再地重複照鏡，才接受了自己是那張臉的主人，握著另一把裝著細金屬鏡框的備用眼鏡，她走出眼鏡行，確信自己和剛才進去時判若兩人，這張新的鵝蛋臉有一對大眼睛，和哥哥一樣有著深邃難以饜足的眼神，共同的遺傳基因潛伏在他們的血脈裡，哥哥在城市的另一端讀書，兩人從來沒有連繫，他們在彼此的名冊裡是失蹤人口，失蹤也許是家族裡最卓爾不群的專長。

她選擇了一個與失蹤毗鄰而居的職業，流動的基因既和血液相伴而行，她要在偌大城市不確定的明天裡，放逐自己去游走。她戴著嶄亮的眼鏡，重生般的尋找生存的機會。她走進好幾家旅行社，又走了出來，最後坐在一家位於第八樓的旅行社窗邊的桌子，和穿著白襯衫，打著深藍領帶，戴著金錶卻沒什麼文化氣息的一名中年男子談著她的將來。

經理說：「帶國際團要有經驗和執照。」

「讀書考試是我的專長之一，我隨時可以去考執照。」

「妳看起來很年輕，還在讀書？」

「我滿二十歲了，讀書不能兼差嗎？」

經理的手指頭在桌上敲出叮叩叮叩的聲響，每一個敲擊都像是一個思考疇謀，大約敲了三十下後，說：「先給妳帶國內的團體，一到三天，如果暑假帶得好，開學後，我們儘量給妳排週末的時間。」

他雖然沒有文化氣息，但比先前她去面談的有文化氣息的老闆顯然有同情心。她開始有了一個新生活，爲外國觀光客介紹台北，人來人往，城市流動著短暫的目光與驚訝，觀光客對城市的好奇帶動他們不斷的探索，她常從他們那裡發現城市的衣褸一層一層被撥開，殊異的材質與花紋，吸引觀客光的讚美或歎息，觀光客離去後，城市好像安靜下來，日子重複的只是從這條街走到那條街，從一個用餐的地方換成另一個用餐的地方，衣服照樣曬在同一個陽台上。等到下一批觀光客來了，城市才從他們的眼光中，復甦成無數張殊異的面孔。

那個暑假，她接待過幾個人的商務旅行團，也接待過二、三十人的觀光團，日本、歐美，她那不夠流暢的美語和有待學習的日語，好像在一個暑假之間長了翅膀，在外國客間突然神勇而無所畏懼。她是導遊助理，幫忙有十年帶團經驗的李姐分擔勞務，包括住在飯店時，協助觀光客送洗衣服，陪他們吃晚餐、聊天。有次帶到四個美國來的商務團，白天坐九人座的汽車到宜蘭太平山，晚上她和李姐分頭各帶兩名觀光客出遊，她帶她的客人去陽明山看夜景，在餐館裡喝酒聊天，露台風涼，盆地裡燈火流爍，她和客人一邊賞景，還任由老外的熱情攀觸她的肩膀手臂，她穿著露背裝，老外的手貼在她背上，陣陣溫熱的氣息伸到她腰裡，她走開了，站在露台欄杆邊，心跳加速，這算不算陪客的公主？

帶著幾分醉意撩撥出來的行爲與職業無關吧？這個場合她還不會應付，僵直的站在那兒，有時前傾身子靠在欄杆上，聽著兩名老外沉重的鼻息和震人的笑聲，想著種種遭非禮的自救之道，心裡痛恨那個看似仁慈的經理根本是蛇蠍心，誘使她成爲伴遊公主。然而接下來，什麼事也沒發生，她倒因與原來推想不合而有點失望了，那種刺激的感覺突然消失，便覺得有點索然無味。送客人回旅館，這兩名男人在她臉頰上親了一下，送過來一疊千元小費，她握在手裡，顫抖著手回到房間，一個人坐在床上睡不著，李姐回來了，她才鬆開手中的鈔票，問李姐：「這算是坐檯費嗎？」

李姐笑了笑，聲音老練得不當一回事似的，故意提高嗓音問她：「賣身了？」

「當然沒有。」

「那還擔心什麼？」

她注視李姐，特別咬準發音問她：「妳─帶─團─賣─過─身─嗎？」

李姐沉默地訕笑著，三十幾歲的臉上流露女性成熟的嫵媚，背過身子褪盡身上衣服，把解下的內外衣全扔向沙發椅，健康的膚色在柔軟的燈光下泛出性感的張力，她從頭套下一件軟棉連身睡衣，把睡衣內赤裸的身子抛到另一張床上，伸手把燈都關了，聲音卻亮起來了。「妳幾歲了？」

「二十。」

「我在妳這個年紀，在我們那個時代，和男朋友在一起還會考慮要不要獻身，獻了身後，男朋友也不見得變丈夫，身體貞操算什麼?過了清純少不更事的年紀，單純的快樂越來越少，就會了解身體應該帶著娛樂功能。——趁它還能用並且有價值的時候。」

李姐後面那句補充好像是一種提示，她鬆開手的控制力，讓所有鈔票都滑到地上去，閉上眼睛企求一場香酣的睡夢，說不定明晨醒來，她二十歲的面容已如枯葉秋黃，如果夏天還有繁花，一場好覺堪可爲迎秋凋零的花魂做美麗的告別。

從華西街的暗巷到北投的明媚春光，從偉人的祠堂到市井小民的廟會，她踩過城市崎嶇不平的紅磚人行道，跨過爛泥，登上豪華飯店光可鑑人的花崗石地磚，地磚反映的年輕姿影，不知換過了幾雙夏天的涼鞋、冬天的長靴，她的裙子隨著心情與季節做著極長或極短的變化，她深切了解一身的行頭都從觀光客那裡掙來，她用掙來的變本加厲轉投資打扮自己，而往往這樣的投資討取了觀光客的歡心，即使有時沒有爲她增加財富，也賺了別人眼光佇足的機會。

手頭一闊綽她就開始買品牌衣服和設計師衣服，她在學校的最後那兩年已脫離學生生活，她的臉頰豐潤了起來，表情帶點世故的媚行，設計師的服飾使課堂變成她的伸展台，如煙硝四起的流言，繪聲繪影猜測著她的暴發戶行徑。她搬出宿舍，不是爲了遠離流言，而是爲了不願受夜歸時間的束縛，宿舍裡簡單的衣櫥塞不下她的消費癖好，她租了一間套房，把房間四周全貼上鏡子，除了門窗和天花板，這樣無論她坐在房裡哪個角落，都清楚的看到自己。剛搬進時半夜醒來如廁，扭亮燈，被鏡中的自己嚇了一跳，過幾天適應了，反而喜歡鏡子延伸的空間裡，住著一個無可悖離的知己。室內沒有對談，流行歌手偶爾唱歌，帕海貝爾的「D大調卡農輪唱曲」不斷重複，音樂和緩低沉，時光漫漫，有點悲傷有點期待，有點無可奈何。

她的套房來過兩個男人，第一個男人是校園同學，看著她鏡子裡加倍延伸的套房，像進了女王的深宮內寢，對超越一個學生所能享用的柔軟精梳棉床褥沉溺不振，他盤問她父親的職業，知道她有一個失蹤、無所事事的父親後，瞅著精亮盤算的眼光對她的導遊工作表示懷疑，他問她陪了多少男人睡覺。她不能忍受一個男人躺在她的床上懷疑她的貞操，隔日她像甩掉一塊黏手的口香糖，請男人帶走他的行李。男人沒有聲音的延宕著，她自己動手將他的衣服、完好如新的教科書塞進他當初帶來的帆布行李裡，從底座拉開拉鍊，行李多出一層，她像丟棄初上台北的那隻行李般，把他和行李丟到門邊，兩排緊密分列的門扉，凝滯秋天蕭颯的冷空氣，長廊盡頭傳來行李觸地的回響。電鈴響了無數次，鏡子裡一張女子平靜決絕的面容，無聲的望著窗外蒼灰的天空。

第二個男人大她八歲，在一次商務團的接待中認識，她替他們公司的客戶導遊台北及近郊，他全程參與，她知道她的帶隊精力吸引他，確定他愛上她的年輕和衣服修飾過的儀容，他身上有一股熱情，和她一樣在說話時有一種表現慾，總是誇張的提高聲調，做出很大的手勢加強聲勢。有個晚上把客人送回旅館，他們就多要了一個休息的房間，用誇張的手勢去探索彼此，在沉重而急促的呼吸聲中想要吸盡對方最後一滴血似的緊緊相擁，這個男人結實的肌肉和前一個男人的清削瘦弱相較，充滿粗獷的魅力，她在他潤濕的唇上索討他過剩的熱情。那種索討的興趣一直不減，她在家中的鏡裡看見自己蹲踞在他身上時，眼裡有和哥哥一樣深不可測的邪惡，彷彿對面前所擁有的東西有著不信任的距離，做好了享有後就斷決脫離的準備。但她對這個男人沒有放棄的打算，她以爲他的熱情可以延續成婚禮上的紅毯，直到有一天男人不再那麼頻繁的按鈴，她四處打聽他的行蹤，得知他像魚一樣，在城市的水缸中優游的穿梭在幾個女人飄浮的髮絲間，之後，她像隻受傷的鳥，躲在自己的巢中，用哀傷的低吟躲避暴風雨。

幾年來，她最感到自豪的是把大部分精力放在帶團掙錢，畢業成績還維持一個榮景，但在校園的缺乏朋友，使她對考試讀書不再感興趣，她的同學都不比她見多識廣，人生有校園以外尋求知識的管道，她在畢業後，同學四處流竄，或返家或嫁人的潮流中，沒有退路的選擇在台北留下來。她仍舊爲外國觀光客介紹台北，收入沒有匯差，沒有行李，肩上只要一隻名牌皮包，放幾樣女性用品，她拒絕成爲國外導遊，因爲不要帶著沉重的行李，她的人生不要有負擔。李姐嫁人那天跟她說：「還是找個負擔吧，不然一個人輕飄飄的，最後不知道做什麼好。」

李姐去生孩子，打算相夫教子，不再當導遊了。她換了新家，每個月繳貸款，在公寓的頂層，把客廳內縮，延伸陽台成爲一片陽光透亮的花園，因爲不要行李，她把套房裡原來的東西送給續租者，帶了幾件衣服就在公寓裡開始單身女郎的生活。每日仍舊把街道當地圖編織，她吐絲般的把自己纏繞在城市的日夜。滿街的人潮裡，她看不見初來台北，在車站裡碰到的那聲親切的問候，她沒有沉重的行李。

她初來時的台北車站也已經改容了，新的車站開了無數的門，讓從地下月台湧出的人潮可以從四面八方進入城市，又讓城市的人可以由四面八方湧入幽暗的車站大樓。

每年她得經過車站象徵性的回家一次，坐在餐桌前表示家人團圓。平常她和哥哥都寄錢回來，媽媽炫耀地穿得滿身紅綠，向鄰居證明高中給記了兩支大過，遭退學處分的大兒子在台北發財了，那個一向安靜不表示意見的乖巧女兒，不必靠男人豢養就擁有一層公寓和一身美麗的服飾。哥哥在證券行當分析師，她想不出一個比以誇大的口舌去哄取投資人的錢更適合哥哥的行業，哥哥也覺得去觀光客那裡推銷污濁的城市還能騙取高昂的賞金，非她莫屬。

隆冬年節，他們坐在家裡的餐桌邊，毫無預警又互有默契的拿出紅包來，展示賺錢能力似的同時把紅包推到媽媽面前並比紅包的厚度，回娘家的姐姐坐在一邊，身子躁動著，拉下嘴角，劈頭就說：「會賺！會賺不會把媽媽接去住，給她塗金漆。」媽媽裝做沒聽見，拆開兩包紅包，當場數了起來。

弟弟開門進來，他在徵信社做事，常常拿著相機望遠鏡，不分星期假日鬼鬼崇崇站在建築物與街道之間。大家等著他完成哪件跟哨的任務回來用餐，他一走近餐桌，把一個行李袋重重往桌上一放，震驚了所有人的眼光，大家都認出那是多年前跟著爸爸一起失蹤的行李袋。

媽媽臉色潮紅，拿著數到一半的鈔票盯著行李袋說不出一句話，空氣裡似乎可以感到她快速的脈動，姐姐站了起來，動手想拉開行李的拉鍊，看大家沒有出聲，手在行李邊打住，又坐回原位。弟弟開口說：「幹了這麼多年徵信員，總算找到這隻行李。」

哥哥問：「哪裡找到的？」

她盯著那隻行李，墨綠色的布面沾滿深深淺淺的油漬，接縫邊緣磨出灰白的底材，把手有補綴的痕跡，像被海水漂流過幾次又火烤過幾次，她捧著肚子跑進廁所，彎著身子對著馬桶嘔吐，嘔到滿嘴酸澀，嘗到一滴眼淚的鹹滋味，除了證明自己是個會流淚的動物外，她也了解血液裡濃密的流動因子，將讓她在大城市閃爍的霓虹燈間看見自己也忘記自己。

屋頂的花園

城市的燈海淹沒了誓言
她走了十幾年，
在原地踏步，找一個名字
竟需要這麼久的時間。

資本家在火車站前面蓋大樓，一名女子天天經過那裡，對建築昭示牌上的建築師公司名稱一看再看，她總會在那些文字前面停留許久，建築工地挖出深不見底的地基，地下水從塑膠大軟管汩汩流出，挾帶著爛泥沖濕搭了鐵架的人行道。她堵在狹窄的走道，走過的人不得不看她一眼，期望她站靠牆裡邊，免得身體做了不必要的碰觸，而她一動也不動，行人的肩膀碰觸她的肩膀，她認爲在擁擠的城市裡，這是一件很正常的事。她盯著昭示牌上的字，像一個字一個字剝殼咀嚼，直到涼鞋前盤浸泡在爛泥裡，腳趾頭有了潮濕泥濘的感覺，才走出人行道，去到某一隻站牌，面無表情的等待公車在暮色裡喘息走來。

由於是起站，她找到一個位置，坐在位置上，從皮包掏出面紙彎下身子擦掉沾在腳趾頭的爛泥，這舉動也不知做了幾天幾次了，她心裡仍想著那塊綠色底昭示牌。

她一直望著窗外，下班尖峰時段的車潮如蟻匍行，廣告招牌新舊雜陳呑噬城市的空間，等待緩慢車陣的空檔，閱讀招牌取代時間的進行，從進入這個擁擠的城市開始，她就逃不過閱讀招牌的宿命，每個招牌都像城市的箭頭，指示人們的方向，在某個招牌底下見面，或看到了某個招牌就離哪裡不遠。她像重看一個城市似的發現一些從來沒有注意過的招牌，而這條行車路線她已走了幾年了。

上班族生活使她習慣在早晨的薄陽中出門，搭兩段車程進辦公室，同樣的路程回家，冬天時分多半已夜色昏沉，夏天則餘暉落地，每天靠這鐵皮長格子怪物運載，太陽擋在生活之外，昭示牌突地像太陽一樣，趕走對昏昧不明的倦怠。

經過大葉高島屋，回家的座標，她按鈴下車，穿越人群身體的熱氣，逃離瘟疫似的踩下車子臺階，空曠的路上有點微風，潮濕，但像一座島嶼該有的感覺。她在巷口的超級市場買了青菜、肉絲、快煮麵條，結帳員以公式化的語調說，收您一百，找您三元，歡迎再次光臨。她每天坐在編輯檯上，爲作者的書稿校對錯字，和美工人員討論版面構成，幾百本書從她手中送入印刷廠，其實和遞出發票時說「收您一百，找您三元，歡迎再次光臨」的機械性對答沒有差別，不過是工作內容與責任。重複重複，像太陽走到西邊，月亮浮起來。她從結帳員手中拿了發票，拋給她一個感謝的笑，年輕的結帳員友善的跟她點頭，繼續爲下一個顧客按收銀機的數字鍵。

她走出商店，將找的零錢和發票放入皮包裡，那裡已經有好幾張發票了，每次放發票都有種踏實的愉悅，從這些購物憑證證明日子的存在，證明小小的消費快樂，證明日子起碼還有期待發票對獎的那一天。

行經哥哥的房子，公寓的四樓，窗口已燈火通明，走過幾戶，登上自己的樓層，悶熱的五樓，買下這層樓的原意是想頂樓加蓋，搭個書房和花園，多年來手頭不寬裕，建材和工資年年漲，只好在陽台蒔花養草，招得一陽台蚊子，得透過紗窗看花賞葉。如果不苛求，內裡三間房，儘夠一名單身女子居住和偶爾找來一票朋友嬉鬧，但原來想像的空間沒有延伸，總覺有個不完美的缺口在考驗自己的求生能力。所以把發票攤在桌子上，用夾子一張張夾起來時，那種小小的自給自足的滿足，掩蓋了負擔不起租住空間的貧乏感。她想自己離婚姻越來越遙遠，那麼得繼續工作養房貸，攢養老金，等到繳清了，攢夠了，人也老了，還沒見過一個白髮蒼蒼的編輯，新進公司的編輯都比她年輕，二十出頭，剛從校園出來，如花燦爛，可自己剛當編輯也是如花燦爛，才十來年，她在專業上的資深與嫁不出去變成同義詞，沒有應酬的夜晚，她在自己的爐火邊剖切孤單，熊熊火勢溫燙一鍋子寂寞，電視聲音塡塞心裡的空虛。此刻她在鍋裡倒入一罐雞湯，沸騰後加入剛才買的快煮麵條，然後加入肉絲、青菜，大鍋麵似的混合了一個夜晚。她現在難得和作者吃一頓飯，在燈光流爍的餐廳重複和不同的作者談近況、談工作，像精神長了蝨子，蔓延成神經衰弱症候群，混亂荷爾蒙分泌，月信該來的時候不來，潤澤的皮膚因代謝延緩而堆積角質，如果那是個無趣嚴肅或刁鑽的作者，只會增加她的失望沮喪症。多年的工作經驗讓她體認到文字勝過一切，勝過一個人的外形，勝過一個人的談吐，她自己坐在冷清的家中吃麵條就像單純的閱讀文字，行爲孤單，可是寧靜而富於想像。

想像讓她脫離時間序列的軌道，讓她像雲一樣天馬行空的進出過去與未來，譬如她邊吃麵邊想起聯考落榜後到台北上補習班，吃的住的都在補習班附近，每天看見川流不息的車陣拖著長煙在晨光與暮靄中衝撞，無論中飯或晚飯，她常坐在同樣的麵館吃麵，或者自助餐，或者麵包加一杯冰紅茶，車影與人影沒有斷歇的映在餐館的玻璃門上，映在爲下一年的考戰而把白天封鎖在密閉教室裡的青年人茫然的眼瞳裡。高平看著密集的樓影，看著重慶南路上書報攤圍聚的人群，他舉起一隻手來，指向群樓端破出的天空，說：「憋在補習班裡眞窩囊，只要走得出去，將來我要回到這條路上蓋大樓，裡面的空間要很寬敞、很亮。」在補習班裡養白了的高平略顯瘦削，同時削弱了他話裡的眞實性，可是他每天坐在她面前共吃一盤滷味豆腐干的感覺甜蜜又踏實。

天空的雲彩不按規則排列，重慶南路的上空飄過成千上萬朵雲影，十幾年來她始終沒離開台北車站那一帶，大學畢業就選定這家出版社，從來不思遷。家裡這碗麵熱騰騰的，比白天陽光從屋頂滲透進來的熱氣還熱，那時候和高平，也常常滿頭大汗的吃麵，到公園裡散步，汗吹乾了，她還能感到他皮膚的黏膩，四隻手臂環抱，幽暗樹影輕拂兩人的誓言蜜語。他從南部荒涼不堪的沿海鄉下來，不肯屈服海上生活的宿命，向出嫁的姐姐借了補習費和可當草紙用的稀薄生活費，決心來台北爲前途搏一搏，他用功讀書的勁像用力擲骰子，孤注一擲的押籌碼，因此她總覺得他親吻時含著呢噥不清的英語發音，誓言裡隱含函數。他可能把戀愛當精神鬆弛劑，不像她想他的時候，還會躺在床上哭泣。有天他說：「等我蓋了大樓，有妳一份的。」因爲這句話，她相信了他的眞心，邀請他去她家裡。

她家在中部一個風景秀麗的山線上，雖稱不上富裕，倒有一片茶園，在屋子後面沿階攀升，土地的西邊角落種了果樹，東邊養了栄，十來隻土雞在園裡遊累了，常常站到馬路邊的圍欄上，一線並排對著過往的人車打盹。除了米外，自給自足尚可，但採茶季動員小村落的婦人採茶，成日照顧這片園地的父母給工人送茶熬汁，勞動的肢體在這時候還得運用腦力去核計變動不斷的茶葉賣價，往往一季下來，只賺到了溫飽和一山的涼風。

缺錢的人自然知道錢的好處，父母見到高平那副瘦削的身子，突的生出一對勢力的眼光，款待賤客的午宴上，給高平沏了一壺好茶，說：「我們一輩子種茶，靠天吃飯，日子有今天不知道明天，我們這代認命了，不要下一代又靠天吃飯，讓女兒走出山了，又要她去海口看天氣，那是不可能的事。」高平轉過頭去看滿園茶樹，悄悄把冷卻的茶水倒回茶渣裡，嘴裡不經意嗯了一聲聊表回應，一陣雞鳴從圍欄那裡傳來，高平抹淨了嘴巴，興致勃發的走出去和雞爭鳴。

那天以後，父母指派任務給已在台北的哥哥，要求哥哥盯著她不准和高平來往，在父母眼中，山落裡成績優異的女兒，吃著山泉長大的標致臉蛋，一旦在台北待久了，哪怕沒有成打的男士追求，挑肥揀胖，還有遙遙的幾年時機。

她被迫轉了補習班，和高平還在同一條街上，各自下課後仍約在同一家餐廳吃飯，到公園裡散步，再各自回租賃屋讀書，可是高平不再跟她談理想什麼的，親吻過後就無話可談，好像散步的目的只是爲了親吻。偶爾哥哥來訪，把她的情形一五一十告訴父母，父母揚言要斷她的經濟支援，聯考的壓力隨著日子的接近而逐漸加重，漸漸兩個人都覺得吃不消，他們不再一起吃飯了，各自在小閣樓裡讀書，等待暑熱一過，自有另一個海闊天空的風景。

但是他們沒再見過面了，她心裡對父母懷著的怨恨使她封閉了自己，雖然有一張清秀皎白的面貌，可是沒有笑的姿態，談過的幾次戀愛總是她先打退堂鼓，台北的男人雖多，碰來碰去，找不到一塊金磚，就怕最後又是給不起眼的紅磚砸了腳，只好先抽腿，感情成了一件毛衣，越洗越縮水，錯失了幾個機會，年紀就過三十了。

愛情沒機會，房價穩定後，她四處看房子，父母說，就住在哥哥家附近好照應吧。若不是天母這一帶環境好，老公寓開出的價錢合理，她倒不一定依父母的意思，過了三十，她總可以當她自己了吧。還好兩棟房子有距離，她可以經哥哥家門而不入，哥哥充當愛情劊子手這件事她始終不能忘記。

搬來這房子沒多久，山裡的老家刮颱風，脆弱的地質在大量改種檳榔樹後，經不起大雨沖刷，家裡的牆根從泥裡浮出來，茶園浸泡在雨中，山上激流沖洗每株樹根，漂流的斷枝和著泥沙堵住門板，雞屍成排垂倒在圍籬下，路邊的屋宇被山上的滾石挾到暴漲的溪流裡，坍塌的公路阻絕糧食的運送。度過幾個黯淡無光的夜晚後，父母放棄了滿園瘡痍，帶著飢餓的腸胃搭上駛入的第一班公路局車子。

傾圮的房子等待改建，他們從茶園的主人變身爲哥哥家的保母，住在哥哥家裡，突然後悔讓孩子來台北讀書就業，公寓的四樓經常傳出細碎的抱怨，爸爸鍾愛的茶園還籌不到錢重整，政府開出的補助支票在新葉還沒採收前就已不足溫飽，媽媽爲死去的雞隻念經超度，嫂嫂因受不了老人的抱怨而憤不回家。

媽媽說：「我們不給妳嫂嫂帶孩子了，搬來妳這裡住，照顧妳。」

她只說出惟一的理由「我想自己一個人住」，媽媽就絕口不提搬過來的事，她經過哥哥的公寓，也不上去探視。媽媽偶爾來她這裡，帶著眼淚說：「住城市的人怎會這麼沒心肝？」她只當充耳不聞。

後來還是她標會籌了錢，替父母修了房子，兩老回到茶園，無心無力種茶，和大家一樣改種不太需要照料的檳榔樹。她警告水土不能保持，再來次颱風，連房子都保不住。爸爸說，那妳回來，回來種茶。老人眼裡流露冷漠，望著屋後初種的檳榔林打了個呵欠，眼皮沉重的掩蓋了瞳仁裡的樹影。兩老來去台北和老家之間，她行走和家與公司的路上，有時恍恍惚惚，不知道哪裡算是家了。

想像超越現況時，多半有點不確定，譬如對結婚存在的幻想，而身邊甚至連幻想的對象都沒有，幻想成爲假設，假設自己有天在旅行的途中碰到兒女成群的鰥夫，或被一個只是要排遣寂寞的老男人收爲續弦，年輕的男人都有一個年輕的妻子，老男人在幻想裡占優勢，可她爲什麼非結婚不可呢？爲了不願白髮蒼蒼還當編輯嗎？

她吃淨了那碗麵，從碗底浮現工地的綠色昭示牌，她把碗拿到水龍頭底下沖洗，腦子裡仍舊浮現那塊綠色昭示牌，原來碗底有個綠色的海藻圖案。她把碗放回烘碗機，決定在臉上敷張滋潤面膜，輕鬆的坐在客廳裡看日劇，明天她不要再站在昭示牌下了，她要去拜訪昭示牌上標示的建築設計公司，那上面寫的高平，除了是昔日補習班的高平，還會是誰？她相信他回重慶南路實現他的諾言，而她在重慶南路徘徊了十幾年，終於遇見了他的訊息。

以前他說將來蓋大樓有她一份，她倒不奢望，如果他還有心，他可以替她把屋頂的花園建起來，將來她有了花園，可以坐在陽光房裡讀書，在綠色的環境裡享受半空中的空氣，俯視社區裡街道人群的活動。父母和兄嫂也許會批評她爲了一個花園甘爲人家的情婦，而那應是昔日戀情的彌補，她再也不會讓家人決定她的將來了。

第二天一早，她特別提早出門，公車在清亮的晨光中馳騁，行人的臉上因晨光的投射而溫潤有精神，她挺直背脊，希望晨光沒有忽略她刻意的打扮，她的體重十幾年來沒有改變，大量的文字沒有含帶脂肪，這是靠文字生活惟一有益生理健康的，她穿了一套淡灰色的褲裝，短棉衫外罩垂腰背心，腰上繫著黑皮金屬環扣的香奈兒皮帶，在晨光溫煦的反射中，環扣閃閃發光，走路時，敞開的兩片背心前側隨風晃動，撩著環扣的光引人注目。她偶爾買名牌服飾的配件來增色衣服，配件和正品相較，價錢便宜，卻可以使服飾增值。

她先到辦公室打卡，編輯打卡，她認爲是對職業的褻瀆，剛來公司時不必打卡的，從老闆到員工都有共識，編輯的工作是責任，不是按時計費，但自從新人類進公司後，擅於利用不打卡的便利，神出鬼沒的不定時出現在辦公室，演變成開臨時會議無人可找的空城狀態，原本開明的老闆只好在牆上掛上打卡鐘，以確定公司的職員人數，資深的編輯簡直受了新進編輯的懲罰，因爲這個原因，也令她意識到將來的新新人類職員不知還會給公司帶來什麼不合理的新政策，她難道要老坐在同一個位置隨著政策無可奈何的漂流？

刷下卡片時，辦公室仍空無一人，她扭亮檯燈，泡了杯熱茶放在堆滿書稿的桌子上，把皮包貼靠椅背，證明自己來過了，拿起錢包直奔樓下一家早開的美髮院做頭髮，要求美髮師把她的長髮剪短到肩膀與耳垂的中間距離，吹得筆直，這是和高平在補習班時，她加長的清湯掛麵髮型，他們的時代是有髮禁的，有禁忌就有解放的愉悅，她與高平在一起時，拚命的留長髮，但他們相處的時間等不及她的頭髮留長，他仍喜歡她快垂到肩膀的頭髮，常常拉著她的髮梢繞在手指上。她要他認得她當時的模樣，希望走進高平辦公室時，她的身上沒有明顯的時間距離。

辦公室的小姐都稱讚她的新髮型和帥氣的打扮，她覺得這一天不適合上班，應該無限制的逛街，在人氣裡感受城市的陽光、熱鬧、喧嘩，靠腳的行動證明一天的存在，用滿身的青春吸引路人的眼光，如果她能走一天的路，到繁華的商業中心喝咖啡，撫摸高級商店燙金的門牌，踩進光可鑑人的大理石地板，在雙聖冰淇淋店靠馬路的玻璃牆吃一客濃郁的冰淇淋，越過馬路，到麵包店帶一袋剛出爐的法國可頌，生活就會像春天冒出的嫩葉，鮮亮而富於生命力。可惜現在是夏天，酷熱的天氣會把一個人溶化在街上。

她按原來的計畫，提早一個小時離開辦公室，睡了一個飽滿的午覺後，她的心思就離開了桌上的文字，等著錶上的分時針變魔術般的很快走到四點的位置，她不斷站起來，或泡茶或到洗手間，三點三十分時，她拿出化粧包再次走入洗手間補粧，適量的睫毛膏挑起她眼裡充滿期待的柔情眼光，她在鏡中表演了幾種眼神，不確定見到高平時，以哪種表情面對他才好。

「請問高平建築師在嗎？」她在自己的座位透過電話筒低聲詢問他的行蹤。那邊秘書小姐問明有什麼事，她說是他的舊識，想去拜訪他，希望她到的時候他還在。

「六點才下班，您請留下大名！」

她掛了電話，沒有留下姓名，她想留給他驚奇，雖然不確定他會不會驚奇，但她剪短了頭髮就爲了讓他認出她，他既然記得回重慶南路蓋房子，總會記得補習班的那段戀情吧！

從台北車站前面轉公車，她有充裕的時間，慢慢撩撥興奮的期待心情。暑假裡沒有學生，車站的人潮不算擁擠，陽光還溫熱的下午反而有股沉著的氣氛，不慌不忙的，公車駛來，靜等人群上了車，緩緩的駛向前去，來到興建捷運工程的路上，車陣卻又壅塞急促起來，路中心圍建的工地挖出大坑洞，將來人群將往地下去，就像運載城市的人進出的火車，從地下穿越，人群得先進入幽暗潮濕的地洞才能看到城市的陽光，過多的人口擠掉了城市的泥土，人們偶爾懸浮在城市之中，不知去處。

在幾個紅綠燈口礙滯前行後，她在敦化南路口下車，這一帶向四周延伸的幾個路口間，人潮多過火車站，昔日西區的繁華換成東區的燦爛流光，不管學生族或上班族都喜歡到這裡捕捉城市的流光，日系百貨公司前的計程車陣和機場排班的計程車一樣銜接不停，快速行走的人潮象徵城市成長的速度，她刻意降慢步調行走，仍不免在同方向的人潮裡像個趕路者，她走過好幾個明亮的櫥窗，找到工地昭示牌上標示的建築事務所地址。五點剛過，下班的人正陸續從辦公室出來，準備掀起城市夜晚的燈火高潮，她站在人行道上，抬頭望望大樓，第七層是事務所，高平還是那麼瘦或者豐潤了，步入中年的男人頂著事業的光環，應是神采飛揚，也許她會認不出他。

她手心開始發冷，步履有點蹣跚的步入大樓電梯，幽暗的電梯使她覺得自己正在進行一樁不可告人的密謀，隱藏在尋找他的動機之後。電梯在七樓處噹的淨響了一聲，自動開門，她走出來，側邊是事務所閃亮的玻璃門，她一靠近就自動的爲她打開了。

服務處的小姐帶她去會客室，走過光鑑的花崗牆面，她偷瞥了自己的容顏，端麗的臉上缺乏笑容，眼神流露忐忑不安，她坐在軟沙發上深深吸入一口空氣，以對抗令她失望的臨場反應。腳步聲走進來，她刻意把頭昂得高高去注視那身影，以掩飾內心的恐慌，進來的人高大，一頭梳得很整齊的頭髮貼著耳後，露出光滑的額頭，他將近五十歲了，臉上有神氣風發的光采和一雙靈睿的眼神，他不是高平，站在那裡問：「我們是舊識？」

她不知道怎麼站起來，精心布置的一盤棋突然散了，越見自己的冒失與笨拙，對方見她呆楞的樣子，約半知道認錯人，問她：「同名同姓吧！」

她欠然起身向他道歉，走過那片花崗石面，窺見自己臉色蒼白僵硬。電梯往下降，她希望那是一個地洞，永遠的把她埋在洞裡，塵封剛才的尷尬。走出大樓，海島的傍晚仍然潮濕，她一直走，城市的燈已一盞一盞燃起，看不到盡頭的長路沒有城市的邊界。那個發豪語回到重慶南路蓋大樓的高平還在城市的某個角落呼吸嗎？小漁村能收納他的壯志豪情嗎？城市的燈海淹沒了誓言，她走了十幾年，在原地踏步，找一個名字竟是需要這麼久的時間。

她走進一家百貨公司的食品街，坐在南洋食品攤位的高腳圓凳叫了一碗鮮蝦茶麵。麵條捲在筷子上，熱氣成雲散放出來，衝進她的鼻子裡，她看不清楚麵條的形狀，囫圇送進嘴裡，一個人吃麵，她頂習慣了。她慢慢吃著，總要等到下班的人潮漸散了，才能輕鬆的坐上公車回家。她伸手進皮包，摸到刷卡的卡片，放下心來，明天，她仍會回到火車站前的重慶南路，在那一帶呼吸，街雖然有點老，她仍相信，還有舊樓改建的機會，那裡還會有無數的樓宇翻新，就像她仍抱著希望，把自己的屋頂翻成花園，那是她一直以來的願望。

酒店

他靠著這個氣味在城市裡有立足點，
過著中產階級游刃有餘的生活。
在這個氣味裡，
酒店反映人生的形形色色。

酒店還沒打烊，深夜一點，疏散的幾個客人分坐在店裡聊天，輕柔的音樂捲起酒香送到各角落，進來這裡，總覺得起碼要喝完一杯讓身上帶點酒氣。午夜時分走進來的客人比較重視品酒氣氛，談話聲音也輕細，店裡通常在這時候放很輕柔的音樂，像 You Are My Heart's Delight 之類的抒情曲。

坐在一張四人座的三個男人常來，大約十二點以後陸續進來，兩點左右離開，他們通常點幾杯酒，幾碟下酒菜，喝水般的倒光酒，把臉脹得通紅，侃侃而談一天見聞。今晚他們談夜間新聞播出的火災事件，一家餐廳燒死了十個人，其中一名瘦削的男人說：「那算什麼，上次我家附近的老人院一起火，燒死了二十個老人。」

叫凱的男人說：「我不贊成你的說法，一個城市難道比哪裡燒得多、死得多嗎？這對住在城市裡的人有什麼光采？」

「人口密集的地方就會有這種事。凌亂是必然的現象。」

「新加坡人多不多？一個東京的人口就是臺灣人口的總數。」凱說。

另外一個胖男人發表意見：「這應該和法律的執行有關，和人口沒太大關連。」

「相信我，人多，再好的法律也無濟於事。」瘦男人堅持己見。

一名女子推門而入，染紅的髮絲甩動著，赭黑的髮根已經有一吋長了，使那頭紅髮看起來像一頂沒戴好的假髮，她坐到凱身邊，從黑色的狹長形麂皮皮包掏出一包香菸，抽出一支後，將香菸盒扔在桌邊，湊近凱遞上來的打火機，菸霧隨即成圈從她嘟起的小嘴飄出。菸像泡沫似的，在頭額頂端就飄散了，一盞低垂的彩繪吊燈對著桌心，炫麗的低亮度光線攔住飄散的菸影，投在四人的臉上，臉像有雲浮遊。女子的眼光在三個男人臉上溜梭了一陣，對凱說：「你們什麼時候結束？陪我去仁愛路走一走。」

「烏漆抹黑的，走什麼走？」凱說。

「你講話不能文雅一點？還是藝術碩士呢！」

「混一混，滿街都是他媽的碩士。」瘦男人說。

「誰混呀，加上寫論文，我也花了三年時間苦讀的。」凱說。

服務生問女人要調什麼酒，她說不要，菸霧在她熬夜留下的鬆弛臉龐罩上一層蒼白的氣色，唇上的藕色口紅使那種蒼白像鬼魂，她夾著菸的手指頭略為發抖。靠近凱，嗅他衣領味道似的喘著氣說：「沒必要每天在這裡喝酒嘛！」

其他兩個男人同時看錶，互相使了眼色，允許凱先走，凱向櫃檯點了一杯酒，大聲說：「別理她，剛才說到哪裡了？」

調酒師搖晃調酒杯的聲響像片小小的海洋，激浪也隱含毀滅，新調的血腥瑪麗從透明杯顯出紅潤的晶瑩液體，杯身凝聚冰露，服務生將酒杯從托盤移到凱面前，熟練地將空的那隻杯以一個一百八十度側身旋轉的姿勢歸回托盤，女子伸手攔腰一截，敲磚般的將空杯口對準桌角一擊，杯口破裂成一個尖銳的山形，她將那山峰往左手腕一劃，血柱噴將開來，輕柔的音樂染血後，混合陣陣驚呼和斥責，散坐的客人都望向他們這桌。凱捏著女子受傷的手腕，要求服務生招呼計程車，女子猛將雙手在凱的胸前捶擊，被凱緊緊握住，沿著手腕滑下的血流濺在凱的白襯衫上，凱皺起眉頭匆匆閱過血跡的分布，脹紅的臉色好像生出一股蠻力，他將全部的力量透過手腕壓在女子的手腕上，女子在呻吟聲音中扭動著身子極欲掙脫他的手掌。

店主人從廚房方向走過來，他接近四十歲，沉斂的眉目傳遞一種安穩的力量，他從褲袋掏出一條藏藍色手帕，繫在女子手腕上方，要女子將手腕舉高，凱放鬆了手，女子也站在那裡不動，計程車的喇叭在門口催響，凱扶著女子進車，那兩名男人付了帳也跟了出去，店主人站在門口望著車子轉出路口，回頭看服務生清理現場殘血，紅磚地板印了幾滴血漬子，顏色已顯殷紅，服務生蹲下來用濕毛巾擦去那血漬，掃淨碎玻璃，桌子重新舖了一張厚重的織錦桌巾，擺上新杯子和餐巾，幾分鐘之內，一場流血的事件復歸平靜。

牆上的時鐘指向兩點，擬古的老式鐘擺左右搖晃，他坐入鐘擺對面的餐椅上，瞳仁隨著頻率一致的鐘擺左右移位，時間從這種移位中流逝，指針指向兩點十分，他的瞳仁所映歷的，和時間的消逝呈反向累積，他記憶起孩童時，澄藍的眼神望向大海，對小小物質的嚮往像艘等待滿載的船，越航向海洋，眼裡的澄藍越邈遠無澤。在鐘擺的擺動中，他看到了時間的痕跡像電影畫面一樣，儲入瞳眼的記憶。

他交代提早打烊，開店數年來，這是頭一遭。看到服務生把店招的霓虹燈捻熄了，他才放心的將兩隻手插在褲袋裡往大馬路走。夜風習習，他站在平時站的路口，招來計程車，像平時那樣在夜色裡回家，一程都不跳，車子在靜巷停下來，回到家中，兩點四十分。異於平常的開門關門聲音驚動房裡的老人家，媽媽的房裡探出光來，她穿著一件鬆垮的睡衣，不愉快的臉上睡眼惺忪，勉強適應了光線，站在門邊問他：「今天這麼早回來？」

爸爸的咳嗽聲從房裡傳來，他可以想像爸爸不安寧的睡姿在床上聆聽他和媽媽的對話。

「店裡有人鬧自殺。」

「要緊嘸？」

「沒事，送去醫院了。」

「台北五光十色，你開那家店給大家喝酒，怎會不出事？」

他不想回答這個假設性的問題，即使開一家提供生活便利的超商，也可能遭強盜洗劫。他走到廚房扭開燈，倒滿一杯水，爸爸的聲音在客廳那邊故做大聲的說：「住這種沒有土地的房子，人不安定，成天死人殺人，人要塊土地，那麼困難？」

他把那杯水灌進喉裡，捻熄燈，回到客廳，爸爸從沙發站起來，佝僂的背部有點吃力地帶著清瘦的身子走進房裡。

臥室的大窗戶可以鳥瞰附近層樓，台北車站前的新光大樓樓頂的燈光像星星一樣在遠遠的距離攫取視線，他觸及窗簾流蘇，輕輕推出一條縫隙，台北最高的大樓在月光中沉睡，他初來台北時，還沒新光大樓，鐵軌還沒沉入地下，他住在離軌道不遠的矮平房，每天聽著火車鐵輪叩隆隆的來又叩隆隆的漸行漸遠。

「你今天回來早了。」妻子的聲音有如被褥的厚重。

他靜靜看街上疾馳的車燈。

「客人爲什麼要鬧自殺？」妻子問。

他把窗簾歸位，隨手整了整流蘇，坐入旁邊搖椅，閉上眼睛問：「今天孩子怎麼樣？」

「他們要你明天去參加園遊會。」

「老人家今天怎麼樣？」

「還不是老樣子。他們什麼時候高興過？」

閉著眼睛不知道搖晃了多久，聽到妻子嚶嚶抽啜，他睜開眼睛，看到妻子整個人都埋在被裡，他掀開被，問她怎麼了。

妻子說：「你問了這個人、那個人，就是不問我，連問題也不回答我。」

最親近的人最容易受傷，和妻子結婚十年，他很習慣她在身邊成爲一種聲音，隨時隨處都可以聽到，他累得不想多話時，也不會想去應對那聲音，可是從來沒有對聲音的存在表示任何反對。他伸出一隻手，輕輕梳爬她的頭髮，那名女子自傷的殘像在幽暗的房裡像團磷火熒熒閃動。

「那女生不知爲什麼割腕，也許是感情因素，她的男朋友在場。」

妻子蜷縮身子，像彎弓一樣的把自己偈促在被褥裡，囁嚅的聲音還夾著濃重的鼻音：「終於出事了，一個喝酒的地方。」

妻子平時和公婆意見頗不合，在這點上倒是相合的。他把腳跨上窗台，用腳跟掀開簾子，高樓底下偶爾馳過的車燈挑動夜空的幽暗氣息，把腳跨得那麼高讓他感到鬆懈，他繼續撫摸妻子的髮絲，輕輕吐出一口氣，說：「我不擔心客人喝酒鬧事，台北很大，鬧事的地方多著。」

妻子突然從枕邊傳出一聲笑意。

仁愛路上有萬人遊行，這麼大規模的遊行來自選舉的激情，候選人與所屬的黨派利用不同的街道拚聲勢，車流爲之癱瘓遲滯，平時寂寞的陽台這時出現了成列的人頭參與沸騰的聲氣，搖撼的小旗幟沿著綠樹前行，像綠樹間開出的一片旗花，除了元宵燈會，綠樹還不曾出現這麼華麗的陪襯，所有競選的大小旗幟補綴起來，足以讓所有衣索匹亞無衣蔽體的孩童擁有體面的衣裳。

他跟著人潮走動，頭上戴著印著候選人名字的白色帽子，他不認爲自己應該崇拜誰，把誰當偶像隨身攜帶，但他可以有點政治主張，選一個可以讓他加入大衆狂熱潮流的對象，在這城市感受一絲激情的痛快。他揮汗的臉上沉著的表情像極了一個理念嚴肅的政治狂熱者，但他認爲自己不過是想在生活中激起一些活力，暫時改變成日以酒店爲主的生活方式，雖然下午仍得到酒店去，但是早上，他是城市重要活動的一份子，他所參與的活動會占據報紙前三版的重要位置，跟著遊行隊伍踩在仁愛路，就像踩在歷史裡，和城市的改變密不可分。

從國父紀念館那頭走到中正紀念堂，汗水淋漓，腳也覺得痠脹，廣場萬頭攢動，前頭不斷傳來助陣的吶喊聲，他沒有附和那些聲音，卻覺情緒也被吶喊聲鼓動了，群衆的激情最具蠱惑力，像浪一樣沖垮理性的部分，候選人如果當選，執政的表現足以檢證吶喊的支持者是被蠱惑或保持了高度的理性。

他解下帽子，跟大家一起擲向空中，呼喊候選人的得勝，旁邊有人攜家帶眷，連沒有投票權的孩子也來了，孩子沒接著帽子，掉在地上，弓下身子要揀，被爸爸一把抓住衣領，大概擔心孩子會被大人的身浪淹沒了，彎腰替他揀拾那頂過大的帽子。他接回自己的帽子，戴回頭上，慢移腳步穿出人牆，吶喊聲仍如排山倒海，候選人站在廣場搭設的高台，他看看手錶，覺得自己參與的時間夠了，可以把空間讓出來給後到者，他退到大門，對街圖書館站滿了拿旗幟的人，落在遊行隊伍後面的人群仍不斷湧入。

附近交通受到管制，叫不到車子回家，他沿著牆根走，還沒確定往哪個方向可以搭到車子。身旁人潮熙攘，一名女子快步從他身邊擦身而過，走到他前面，那頭染紅的頭髮和吋長的黑色髮根十分顯眼，女子穿一套白色運動服，腳趿球鞋，鮮明的旗幟從右手肘伸出來，她疾步而行，他像被她牽引般，腳步也跟著加快，走到牆根轉彎處，女子向右轉，他注視她線條分明的側面，確定是那晚在酒店裡自傷的女子。她疾行的速度精神飽滿，不太像幾個星期前有自殺的念頭。望著她白色的背影漸行漸遠，他卻不知自己要往哪裡走了。

過了幾天，他坐在吧檯前和客人聊天，那名女子推門而入，選了吧檯最角落的位置坐下來，她沒點酒，要了一杯咖啡，掏出香菸抽著。她的頭髮剪短了，染回原來的黑色，看上去神秘而嫵媚。她慢慢飲用咖啡，菸霧在杯口騰繞，偶爾往他這裡望。音樂正在播放古典鋼琴曲，她好像很專心的聽著音樂。

和這邊的客人話題一結束，他轉到她前面，說：「候選人造勢那天，我看到妳了。」

「不容易呀，這麼多人。」

「妳走路眞快，體力眞好。」

「那天去捧人場的，我根本沒參加遊行，直接去廣場，發現人那麼多，哪差我一個，待了十分鐘意思到了就走。」她好像要證明自己的誠心，又補充了一句：「當然，那天如果不是急著去辦別的事，我會待久一點。」

「許多鐵票不見得出現在現場。」

「希望是這樣。」

她捻熄菸蒂，從皮包拿出一條摺疊得很整齊的手帕，雙手送過來給他：「特地來還手帕，謝謝你。」

她略帶憂鬱的黑色眼瞳凝視了他一會，又從菸盒拿出一支菸，這次沒點燃，夾在中指與食指之間，他也不打算替她點燃，她臉上的皮膚有點乾燥，如果豐潤一點，一定散發十足的光采，他刻意去看她左手腕一條芽紅的疤。

「凱還好吧？他很久沒來了。」

「他結婚了，也許正在哪裡度蜜月。」她把菸點燃了，重重吸了一口，側過臉向空中吐出菸圈。回過臉時，帶著微笑，說：「也好，安定下來就好。」抽了一口又說：「可是他這個人不能安定下來的，我替他算過命盤，他的命宮是空宮，注定要四處飄蕩的。」

她看看自己的手腕疤痕，眼裡閃過仇視的意味，把剩下的半截菸捻熄，挪動身子半靠著牆，用有點疲累的聲音說：「我要出國一陣子。」

「很久嗎？」

「不知道，我辭職了，沒有工作就很自由，沒有非回來不可的理由。」

「哪一天走？」

「還沒決定。投完票以後吧！」

他們相視而笑，因爲心中默許的同一位候選人。一張選票讓一個傷心的女子延緩出國散心的行程，他感到政治的力量侵蝕城市也癱瘓城市，而他們是被迫也是甘於被侵蝕。他說：「出國前沒事，常來坐坐。」他是眞的希望看到她，她讓他想起久寶，久寶是他剛來台北時的第一位女朋友，她們同樣有一對若有所失的眼神，講話的時候偶爾會略帶神經質的左顧右盼。下午時分，酒店的人並不多，顧客高峰約在晚上八九點延續到深夜，但她說進來的人多了，讓她覺得悶，她要走了。她再一次跟他說謝謝，付了帳就往外走，他才注意到她穿的及膝黑色洋裝很貼切的包覆她神秘的氣質，走過店前的碎石徑時，裙襬曼妙的款動姿影，安靜而寂寞。

久寶是潛伏在他心裡的一個幽微影子，有時候隨著一首動人的音樂飄浮上來，有時候他走在路上，四周就彷彿有她如影相隨。他剛來台北時，還是個學生，住了一年鐵路旁租金便宜的平房，第二年搬到學校附近的公寓，三十坪的空間分出六間木板隔間，隔壁打個噴嚏可以傳好幾間遠，沒有一個男生敢帶女朋友回來過夜。爲了不讓久寶因他寒傖的住所而覺得受委屈，他在課餘到餐廳打工，打了兩學期，存了點錢，換了間公寓，三間結實的水泥隔間，三個男人共用客廳廚房，有時候女朋友過來一起晚餐或留宿，日子自由愜意。過了一年，妹妹上來讀書，正好有個學長畢業了，妹妹住到那間空出來的房，久寶時常來，和妹妹幾乎成了莫逆，兩人以妹妹嫂嫂相稱，他在外面打工，一方面應付功課，覺得再好的日子不過是情感和生活上的安定，而他兩項都擁有。他計畫等他和久寶都畢業了，兩人就結婚，在台北住下來，久寶的家在台北，她習慣這裡的聲音和高樓，她說不要離開這個城市。他無所謂住哪裡，南部老家的務農工作他沒有興趣，只好在這個城市先留下來。

父母親那時對台北沒有太多概念，也不知道兒子在台北成家立業，他們在鄉里應該引以爲榮還是擔心晚景寂寞。春夏之交，久寶和他坐火車回家探望兩老，難得下南部的久寶對稻田的連天綠波顯出好奇之色，又因陌生而焦躁，在城市樓群裡長大的孩子，對成爲務農之家的媳婦，有著惶惑不能勝任的不安。他告訴她，只管欣賞這些景色就好。初夏的陽光曬在久寶白皙的臉上，她冷淡的眼神下有顆樂於助人的菩薩心腸，讓他有安穩受照顧的感覺。

久寶常常從家裡帶東西給他兄妹，吃的用的穿的，家裡能拿出來，就不曾鬆手過，連她的父母都接納兩兄妹為親人，那段時間一直都是春天，陽光和煦的終日照著。然而春天會過去的，像人會衰老四季會替換一樣。久寶和妹妹相偕出遊，兩人騎摩托車上山玩，被山彎處迎面而來的卡車撞碎一身骨頭，騎車的久寶當場死亡，妹妹在醫院去世，雙方家人的哭泣聲在醫院的藥水味間悽愴的迴盪。

他捧著妹妹的骨灰罈子，穿過台北車站層層人潮，坐在開往南部的火車列車，骨灰罈放在膝上，片刻不離。列車碰觸軌道的輕顫令他神經質的扶緊罈子，避免罈子滑下去碎裂成片，坐在他身邊的父母可經不起妹妹二次死亡。車窗外是灰沉的都市叢林，母親哭腫的雙眼緊閉，像兩隻泡芙浮在叢林迷亂的枝葉上，父親的眼裡則呆滯地反映流逝的景色，嘴角抿著一絲憤怒，他後悔讓子女北上讀書，城市只給他一個無解而永遠無法彌補的創痛。列車過叢林，得到平坦的呼吸空間後，父親僵硬的臉部肌肉像打入一針鬆弛劑，沉緩的呼吸從鼻息呼出。疲倦的人都想休息。他靠著椅背，有時注視妹妹的骨灰罈子，想起她生前的模樣，有時望向窗外，心裡沒有著落，在一剎那間，生與死做了分隔，他只覺自己站在城市的上空，只要用力踩下去，就會跌入城市裡沒有終底的深淵。父親堅持妹妹得葬在家鄉，「埋在自己的土裡」，父親指的是家門前那片稻米田，母親說：「還是送去靈骨塔吧，往生有往生的所在。」兩人因意見不合，不再交談。

他覺得雙腳有點麻，將罈子移近身體，變換腳的姿勢。不知道換了幾次，火車在家鄉的小站停下來，他捧著罈子下火車，從小站狹窄的出口把妹妹接進家鄉的土地，父母親初次上台北就接回妹妹的骨灰，他們站在小站的前廊，對著站前熟悉的馬路和兩排陳舊的商店嚎啕大哭，母親一步都動不了，他一手抱罈，一手拉住母親手臂，硬把母親推進小叔開過來的汽車，汽車爲了迎靈，前後繫了白絲巾，白色的喪葬氛圍承載一車子沉默，穿越阡陌小路，載浮載沉，在層層稻浪的波動裡。

現在那層波動的稻浪已經化爲快速道路呼嘯的車陣，土地徵收令割去了三分之二家園，門前巨蟒般的灰色道路迤向霞紅的晚雲，汽車揚起的塵沙落在廳堂上祖先牌位的陰刻字體裡。父母每年按節氣回老家掃淨塵埃，剩下的一長條土地，種稻米太費事，荒廢了又覺蹧蹋土地，乾脆給附近居民種日常蔬菜。父母幾次想搬回老家，想在自家僅剩的長條土地上以翻弄泥土種種小菜度過餘生，但見門前原屬於自己的肥沃土地，及妹妹骨灰罈所在的墓碑已被公路的路基覆蓋，便徹夜不能成眠。他央求父母在台北留下來，那時他娶了太太了，有兩個小孩，幫忙照顧小孩成了兩位老人家留在台北的理由，台北對他們卻像一場夢魘，對他何嘗不是，但他沒有選擇了，住在這裡還有久寶的殘影，搬到別的地方去，就像捨棄久寶，他無法接受一個沒有久寶住過的城市。

選舉過後，原來的激情退化成靜穆的清冷，滿街的標誌標語收拾一淨，城市恢復日常的聲音，他的酒店按日常方式運作，心裡卻對缺乏沸騰喧囂的市聲感到有點落寞，富裕安定的社會支撐他的酒店生意維持榮景，可是富裕的聲音帶著某種疲憊的倦態，令人想大聲吶喊，想在平靜的湖面掀起一陣水花。

選後的日子特別顯得無聊，他像得到一個時間的空隙，在某個時段被放逐出來，陪孩子買玩具，在孩子的連絡簿上簽名，有幾次還在孩子放學的時候，取代妻子去校門口接孩子。一排轎車堵在校門口等待學童，他想像妻子平時在這個時候坐在車子裡等待孩子，等待時間和學童走出校門的步伐一起消逝，他讓妻子在家庭耗掉青春或許有點自私，可是他也鼓勵她去參加婦女活動或參與社團，但她不習慣和群體在一起，和朋友一條街逛過一條街是她換取空氣的方法，她有時候安靜的面對新購買的流行商品發呆，安靜的從公婆身邊走過去，安靜的站在陽台擦拭花葉，每一盆盆景都養得花團錦簇。孩子從校門口出來了，很快認出他的車子來，孩子走來時，他不由嘴角微笑，現在他了解自己嘴角微笑的角度和妻子面對孩子時的嘴角上揚角度是一樣的，這一點讓他十分放心，讓他不再想妻子那些安靜的舉動。

有天他在酒店試放一些輕鬆的音樂，客人大約都是熟客，吊燈的熒黃光線透出騰繞的菸霧，室內彷彿流動一股迷離的情境，這是他喜歡待在酒店的原因，卻是妻子視爲畏途的情境，那些揉和現實環境與夢幻距離的菸霧侵蝕她的氣管，讓她老是摀著鼻子皺著眉頭匆匆走過碎石庭園，最近一年，她不再來酒店，這個她共同出資經營的酒店成了他個人的責任和活動範圍。碎石庭園細碎的踩踏聲差點被室內的音樂掩蓋，推門而入的是那位女子，她坐到吧檯，要了一杯瑪格麗特和下酒的玉米脆片，她的手腕托住下巴，撐在檯面上，若有所思似的望著牆上的鐘擺。

他走過去問候。

「回來了？」

「你指什麼？」

「妳出國回來了？」

她輕笑了幾聲，很陶醉的吐著菸圈說：「還沒出去呢！我在處理房子的事，想賣掉，那房子的貸款這幾年把我拖垮了。」

「賣了房子，妳回來住哪裡？」

「也許不回來？」

「爲什麼？這城市不可愛？」

她托住剛送來的酒杯，從底座輕輕搖晃，酒香在兩人間注溢，只有聞到菸味與酒香混雜的氣味才讓他覺得有眞實感，他是靠這個氣味在城市裡有一個立足點，過著中產階級游刃有餘的生活。在這個氣味裡，酒店反映人生的形形色色，像眼前這名女子，眉眼流露的孤獨也曾經在別的客人臉上出現過，但女子還有一種凝重與無所謂交錯的表情，令他無法把眼光轉開。

她不斷吐出菸圈，望著往上飛逝的菸圈說：「城市有可愛有不可愛的地方，我都愛，但我愛不了那麼多了。我的丈夫是外國人，他住不慣潮濕和交通混亂的臺灣，我們認識一個月就結婚，結婚半年，有一半的時間在吵架，他決定回他的國家時，我堅持留在臺灣，我們透過電話連絡，當了幾年電話夫妻，不知道要不要離婚，我漸漸忘了他的長相了，這回我想去他那裡住久一點，試看看能不能當外國媳婦。」

她沒說她的丈夫是哪一國人，他也沒問。音樂嘎然而止。

誰放了一張拉丁美洲的情歌，熱情洋溢的旋律帶著舞蹈的韻律鼓噪起一陣熱力，像許多精靈從各角落躍起，他們都感受到體內流動熾熱的血液，酒精在血液裡流竄得更快速。他想起一喝酒就滿臉通紅的凱，女子和凱已經像是兩條不再交集的平行線，而且方向相反，出事那晚後，凱和他的朋友不曾來店裡，對生意來說，是流失的客人，對女子來說，恐怕是失蹤的人口。

「可能很難適應外國生活吧？」

「適應不良我就回來。」她無所謂的聳聳肩，一下子把酒喝光了。

來酒店的人大多結伴，女子獨自來，讓他好奇她失去凱以後就沒有朋友似的，他說：「出國前再帶幾個朋友一起來喝酒，我會好好招待。」

「有時候自己一個人喝酒也很好。」

「也許妳去國外後，會懷念在這裡喝酒的情形。」

「也許吧！」她停頓一下，想了什麼，又接著說：「但人也不需要花太多工夫去回想，否則哪裡也住不下去。我在台北獨居了幾年，也算台北人了，很少想起我的家鄉，以後住到別的城市，希望那裡也可以讓我不必回想台北。」

熱浪般的音樂好像沒有挑起她對這城市的熱情，他覺得她用一股寒流包覆自己，臉上的冷肅讓人誤以爲外頭飄著細雪，她把嘴巴抿成一條緊密的線，不打算用語言去洩露自己了。他只好退到櫃檯後，和服務生一起忙著櫃檯的事，卻總是提起眉眼注意她的舉動。

她要了一壺果茶，靜靜呷飲，熱茶驅散她臉頰輕淡的紅暈，臉頰頓時顯得粗糙乾燥，在微光下有些蒼白。她去了洗手間後，直接到櫃檯付帳，並對他說，要出國了，不會再來。顫抖的聲音像股無力的風。他說：「希望妳一切順利。」話還沒說完，她已經推開門，顫危危的走到碎石徑上了。

聽到鞋子踩在小石子上發出來的細碎聲響，他突生一股衝動，也推開門走出去，熱鬧的巷子裡川流人群，他找到她的背影，一襲殷紫色的外套，搶盡了一條街的顏色，卻有幾分黯淡。他跟著她走過騎樓，她偶爾注意時裝的櫥窗，但沒有走進任何一家店，過了兩個紅綠燈，轉過一條大馬路，她也許覺得累了，招了一部計程車，坐進去時，回過頭來看他，沒有招呼，面無表情的從後車窗望著他。

他站在街口，好像看到久寶的身影一言不發地注視他，一時不知道往哪裡去。對面有一家玩具店，綠燈的時候他快步跑過馬路，到那店裡買了兩隻絨毛動物給孩子當耶誕節禮物，也許也該給妻子和父母各買一份禮物，他沿著街走，迎面走過的人影都與他無關，在城市無盡的街道穿梭，好像只是爲家人找幾樣適合的禮物，維繫一個家庭應有的樣子。能夠自由自在的在城市走動，也算是幸運幸福的吧！他還有一家生意不錯的酒店，店裡惟一發生的流血事件，只是一場感情失控的事件罷了，他的客人大多純良而有品味，喜歡藉著一點酒精和菸的混合作用談論城市的風雨陰晴和奇聞軼事。他從他們的談論裡看到城市的衆生相，看到自己有一張因生活方式固定而顯得有點冷漠呆板的臉孔。

有家唱片行傳出柔美的鋼琴曲，他走進店裡，帶出幾片ＣＤ，迎面冷風灌來，對音樂的喜愛，倒是他生活裡最浪漫的部分。

許久許久，那名女子沒有再來，她像店裡許多流動的客人，只做短暫的停留，但他從來沒把她當流動客人，也許有那麼一天，女子會突然推門而入。像他走在街上，偶爾覺得看到久寶的身影。

春花夢露

她和夢露已經有點像了，
她學夢露那樣瞇起了眼，
望著窗外，
望著台北市，……

春花來台北那天，正下傾盆大雨，她想買一把傘，可車站裡的小攤只賣報章雜誌和飲料食品，她眼光隨便往雜誌架一掃，隨即決定買最大開本的雜誌當雨傘。付了錢後，她到車站口攔計程車，那裡早排了一排計程車，在雨林裡形成一條長長的黃線，濕漉漉的等待乘客上車。她把雜誌頂在頭上，急忙拉開計程車的後門鑽了進去，但雨實在大得像誰惡作劇，故意拿一臉盆水往她頭上倒，那本雜誌雖保住了她刻意上美髮院吹整過的髮型，卻把她的衣服從肩膀到裙襬都淋濕了，她坐在計程車裡，直覺像泡在浴缸，車窗外的整個台北市浸淫在蓮蓬頭下，每個路上行動的人用不一樣的方式洗澡。

她告訴了司機目的地，看了一會兒台北市，除了雨珠打在窗上，什麼也看不見。於是她翻那本濕了一半的彩色雜誌，一翻就翻到美國名影星瑪麗蓮夢露穿著一襲華麗紅豔的洋裝，占據一整頁，她以前倒沒見過夢露這身紅色打扮。不論如何，現在她的湖綠色洋裝幾乎浸在台北的大雨裡，使色澤深到真像一潭深不可測的死湖了，夢露那件也許經過電腦套色過的意氣飛揚的紅色洋裝，就成了大雨滂沱沒有顏色的城市裡唯一的顏色。她心上突然來了一個感覺，她到這個城市就要像這個意氣飛揚的人一樣，活出一個光鮮亮麗的色彩。這樣一想，她倒覺得除了膚色外，她和夢露已經有點像了，她學夢露那樣瞇起了眼，望著窗外，望著台北市，濕漉漉的，一片蒼灰的水霧。

春花在台北前後有兩份工作，第一份工作是在夜市擺地攤，在台北的第一夜是擠在國中同學秋菊租賃的小房間。她的地攤位置是秋菊騰讓出來的，兩個女人毗鄰販衣，每天晚上都像在開同學會，談著國中生活的點點滴滴，那是她們最後的學生生活，談起來特別緬懷帶勁，像姐妹一樣親。但把那三年可回憶的事講完了，秋菊對春花賣的衣服起了意見了。秋菊說，妳幹嘛老賣那些紅衣服，俗里俗氣。春花覺得是她這攤鮮麗的顏色搶了客人的眼光，她建議秋菊，不要顏色灰土土的，夜市的燈光不夠亮，暗色的衣服不顯眼的。她講了這樣的話以後，兩個女人就不再講話了。湊巧的是，連下了幾天雨，兩人幾天沒見面，雨停後再來擺攤，見了面誰也不肯先開口。秋菊悶聲悶氣的守著她的攤子，春花倒把說話的精力拿來和客人聊天。從雨後的這天開始，她的客人多了起來，老主顧即使不買她的衣服，也來和她聊天打招呼，秋菊看在眼裡更悶了。春花沒有辦法改掉她以賣紅衣爲主的習慣，夢露身上那襲紅衣在下雨的台北給了她一個鮮明的印象，她對台北的希望就是紅色，賣紅衣服果眞讓她有足夠的收入租一間比秋菊住處大的房間，還累積了財富，唯一令她感到失望的是，她的客人穿起她賣的紅衣，沒有一個像夢露那樣性感迷人。她以爲是自己賣的貨色不夠高級，來逛夜市的人也缺乏氣質。因此她在鬧區頂下一間店，離開秋菊的鄰位時，秋菊終於再開口說話了，說的卻是，看著妳敗吧！這等貨色還敢去高級區。

　　這話春花聽來頗覺刺激，她不知道秋菊所說的貨色是指人還是指物，聽來似乎一語雙關，春花把攤子上的燈泡也拔走了，只留下她坐的那把撞痕累累的圓板凳。秋菊說，妳的板凳妳自己帶走吧！春花說，店裡都是新凳子呢！她抱著燈泡離去時，聽到背後秋菊把那板凳踢得老遠滾動的聲音。

她的第二份工作就是自己當了老闆，雇了一位高職剛畢業的小妹妹當店員，碰上下雨天，她坐在店內看著櫥窗走廊外的雨勢，雨勢越大，她越感到一種成就感，一來不必像仍在夜市擺攤的秋菊一樣困守家裡對老天束手無策，二來，一些躲雨的人常常進店裡挑三揀四買衣服；她不再是坐在計程車裡濕淋淋的外地人。她賣起高級服飾，時常挑剔廠商提供的衣服版樣和布料。有一天，她拿了珍藏的那本雨漬的雜誌，翻到瑪麗蓮夢露那張紅衣照片，指給廠商的設計師看，說，怎不做這款的衣服呢？設計師先是嗤之以鼻，說那樣式不流行了。她說，能穿出性感，就不管流行了。設計師說設計的衣服，要索設計價。十萬元。

十萬元！

賣給誰？她的店還沒高級到這種程度。十萬元足可讓她進好幾件流行的樣式和不錯的剪裁。她拒絕了設計師。可那天開始，她對來店的顧客特別仔細觀察，身材不錯的，她就拿出那照片，問她們有沒有興趣請設計師量身訂做一件那樣性感的紅衣。起初顧客會說，那應是件白色洋裝，改了顏色就不對味了；春花說，可紙上印的是紅的呀，管他應是紅的或白的，反正紅的好看。後來顧客對十萬元的定價有意見，春花才恍然大悟，原來是因爲那十萬元，沒有一個人心動。送走了第十個拒絕的顧客後，春花抱著那本雜誌，突然覺得這些人在乎那表象的十萬元實在庸俗，像她最初的反應一樣。可現在她想法改了，這件衣服不是錢的象徵了，那是一種地位，一種身分。夢露的美麗風情人盡皆知，多少名流政要為她癡狂，這樣一個美人已不僅僅是個美人了，而是權貴與性感魅力的象徵。適當的衣服可以使她的象徵形象更具體化。春花有了這樣的認識後，那晚上不曾瞌眼睡覺。她覺得自己混了幾年台北，識見已經不比大學生差。她想自己穿那件衣服，可是先決條件是必須有穿的場合。

她已經三十好幾，可她有了些錢，年齡就不是問題。她打扮自己，去健身房晨泳、做三溫暖、油壓，她的皮膚光滑細緻，臉上顯露女人成熟的風韻，那些比她年輕的小姐，她總覺得她們少了點什麼，韻味，是，她們穿了夢露的紅衣服不可能有韻味的。在健身房她認識了一位先生，每天早上也在那裡游泳，有天兩人在水池裡攀談起來了，春花問，怎麼都你一個人來呀？那先生也問，妳都一個人來？那先生洗澡更衣後，遞給她一張名片，是某個企業的經理呢！春花仍穿著泳衣坐在水池邊，她捨不得更衣，她希望他的眼睛在她身上多停留些時候。他俯下身來跟她多談了兩句，她把他看清楚了，開朗上揚的眉，笑咪咪的眼神，有幾分覬覦的邪氣，她喜歡那邪氣，她不是小女生了，她喜歡有點邪氣的男人。他邀她吃飯時，她一口氣就答應了。她問，去哪裡吃？男人反問，妳想去哪裡吃？這麼好的機會，也許他是某個女人的丈夫，只有這次機會能借來用用，當然要去她最喜歡的地方。她給了他一個五星級飯店的名字。那男人笑了笑，很爽快的答應了。

春花十萬火急的要設計師幫她完成那件紅衣，果然十萬元的魅力不小，三天趕製出來，穿在身上簡直完美無缺，肩線到背部貼著肌膚滑下來，在臀部的地方散開去等著一股風撩來。她配了一雙紅色高跟鞋，鬈髮蓬鬆垂在肩上，她塗綠色眼影，雖然顏色有點衝突，但外國女人都是這樣的，誇張的顏色才能出色。她提著紅皮包搭計程車去赴宴了。

那男人見到她簡直有點目瞪口呆了，低頭看了看自己不夠亮的皮鞋。在餐廳如水晶般華麗的燈飾下，她大步跟著服務生走到坐位旁，爲了表現獨立，自己拉了椅子坐下來，服務生一楞，把眼光短暫的停留在她的美背上，她才想起電影裡優雅的女士上餐廳都是服務生拉椅子。她略心虛的垂了頭，卻見兩旁排著數隻刀叉，她一輩子也沒拿過叉子吃飯，不禁埋怨起剛擺地攤時，秋菊敎她克勤克儉的吃夜市裡的便當和炒米粉。男人坐在她對面，盯著她胸口說，今晚跟台灣的春花夢露吃飯，眞是榮幸。她挺了挺胸，把胸撐得更飽滿。可是奇怪的是，到用餐結束，男人都沒碰她一下，整個用餐過程，她只不過讓刀子掉到桌下一次，那也是因爲要保護衣服不沾到醬汁才出的意外。

出了餐廳，外面竟然下起傾盆大雨，像她剛來台北那天，可這次不同，計程車在餐廳大門等她，她衣服不會淋濕，男人送她進了車門就說再見了。她坐在車裡悵然若失。窗外的街景在雨中，仍是灰濕濕的不清晰，她穿著雜誌上拷貝下來的紅衣，半片裙襬也沒濕著。司機從後視鏡看她一身華豔的紅，她知道。可她竟覺十分疲倦，連從後視鏡回瞪他一眼也懶。

以後她又去健身房，在泳池遇到那個男人，兩人仍講話，他叫她春花夢露時，嘴角總有一抹要笑不笑的神情，使她覺得很嫌惡，她討厭他這樣叫她，她想不到他的腹肌竟然滿鬆垮的。

她把那件紅衣吊在店裡賣，價錢降到五萬了，仍乏人問津。她不願再降價了，她很高興自己比高級區的顧客還高級，因爲她們穿不起五萬十萬的衣服。她取下衣服，又穿了一次，仍然塗了綠眼影，來到夜市，停在秋菊的地攤前。秋菊沒顧客，埋頭看一本書，她喊了她，秋菊才認出她來，端詳了她好一會兒，說，不是當了明星就是在哪裡討賺，市長掃黃沒掃到妳呀？春花覺得天下再沒有一個女人比秋菊更惡毒了。她一把揪起秋菊的頭髮，把她的頭壓到書上，說，我回來讓妳看我沒敗呀，高級區的人還買不起我的衣服呢！秋菊霍的站了起來想還手，卻噗嗤笑了出來，她看到春花的綠眼影，以爲春花才在哪裡挨了一頓揍，不禁同情她，說，妳眞美，別回來了，不像夜市的貨色呢！

春花當然也不想跟她混下去了，她只是要讓秋菊瞧瞧她的風光。刻薄的秋菊果然講了一句好話了！春花得意的走出夜市。天空又飄起雨來，地攤的人在快速的收拾貨物。等她發現自己的衣服也淋濕時，她已在計程車上。可是她再也不必去收拾深怕雨淋的貨物了，這是她感到驕傲的。

結婚

他站在已關閉的門前，
想像門內走進樓梯的
那襲白色身影後面
可能跟著無數鬼魂。

他已經很厭煩人們談論前世今生的關係，這個話題一旦開始，好像很難止住似的，像春草一樣蔓延，每個人都對身邊的人在前世和自己是什麼關係感到好奇。他每天早上吃著土司喝著咖啡，看著陽光慢慢把窗台的盆栽植物照射得綠意盎然，就感到活在今生卻去想著前世的事，眞是不可思議。

而他不能擺脫前世今生困擾的是女朋友堅信前世他們是對夫妻，在結婚那天，往喜宴的途中雙雙死於車禍，他們只做了一天有名無實的夫妻。

他考據她說的那個年代，應該是福特製造車子以後，「那麼我們轉世得可眞快。」他以揶揄的口氣告訴她。

她說：「那是因爲我們急著彌補未了的姻緣。」

除了初識那時他對她所說的奇幻之事略表興趣外，現在他只是安靜聽著，不表示意見，偶爾注意路上行人走路的速度，若是在家，眼睛則盯著播報新聞的女主播，但她偎在他身邊，時常插播抱怨，認爲他看太多電視，她和女主播搶話題，拉著他的頭髮，吹著他的耳朶，輕聲細語告訴他對於前世兩人經歷的新發現，並且以皺眉頭表示那些在她腦中不斷出現的圖像對她造成的困擾。

他多次建議她去看心理醫生，她說，沒有用，她的姨婆是靈媒，她的血液裡流著某種神秘的遺傳，她相信那遺傳會給她一股神秘的力量，只是還不成氣候。

有一天她拉他去她南部的姨婆家，那是在報紙上登出重大罪犯的妻子之友，向媒體透露罪犯與妻子前世因緣的消息之後。看到這則報導時，他想把家裡唯一珍貴的一部音響砸爛，那是當時身邊流動的東西，音樂從耳邊飄過，輕易成爲發洩氣憤的對象，但想到那是省下幾個月薪水買來的精神慰藉，他仍理智的控制了情緒，只把報紙扔到垃圾桶，以示抗議媒體將這個無法得到證明的不入流說法當做辦案的重要新聞報導。

全國人民都在談前世今生的因緣，他只想成天曬太陽，覺得曬太陽有一種很踏實、活在當下的感覺。

但女朋友受這則消息影響，那天穿了一襲白色的紗質洋裝，站在他的公寓門口，蒼白著臉，輕聲要求他一定得陪她去南部姨婆家一趟。她說話的時候有點喘，鼻翼不規則的鼓動。她那時眞像個哀怨的女鬼，她的手伸向他，冰冷的指尖輕觸他的掌心。他心裡不由一震，她何時病成這樣，他卻一無所知。要不是愧疚感作祟，他不會跟她到姨婆的處所。姨婆的客廳簡直是個大祭壇，一進門舉目所見即是一個高立的神位壇，兩邊牆上張掛織錦的神仙圖案，那些織錦擋住了光的折射，室內顯得有點幽暗，壇香味彷彿從每個角落每個物件散發出來，整座屋子像個大香爐，他以爲來到一個秘密的通往神界的洞穴，不覺有點發冷，突然好想下樓去曬太陽，但姨婆按住他的手，拉他坐在一把藤墊木椅，這種坐椅只有在小時候門口的雜貨店坐過一次。

神壇前面一張八仙桌，桌上擺了四盤水果敬神，盤旁堆疊四層銀錠金箔，壇前的香爐殘炷盈盈，姨婆站在桌前，手中持香炷對神位膜拜，她閉上眼睛誦念後，將香炷插入爐中，坐到桌旁，摸著他女朋友擱在那裡的衣服，閉上眼睛喃喃不停。

女朋友緊挨著他，蒼白的臉貼在他的上臂處，他感到她在顫抖，香炷燃到一半，姨婆緩緩睜開眼睛望著女朋友，手仍放在那衣服上，說：「我見到一個女人，她躺著，穿著一襲鑲金邊的鳳仙裝，頭髮梳成一個髻，耳朵上戴一對翠綠的玉環，胸前有一塊玉佩。她的皮膚很白，很白。」

「是誰呢？」女朋友皺起眉頭，好像費盡腦力思考，他從她的側面看到她鬈起的睫毛和空洞茫然的眼神。好幾次她在他那裡過夜後的早晨，她坐在早餐桌邊等待他替她把果醬塗在土司上時，也是這樣空洞的眼神。他突然有很強烈的懊惱感，也許那時他就應該注意她的健康了。

她不時眨眼睛，眼睫毛一翕一張的，那動作讓他想起他的媽媽，媽媽也有一對略顯憂鬱、喜歡眨動的眼睛。他心裡不由一股冷廝，腦中浮起一幅印象。他還是個小學四年級的學生，站在媽媽的棺木邊，身邊有低頭的陰暗身影和嘈雜的啜泣聲，媽媽臉上過度的化妝，使他懷疑那躺在棺木裡的，不是擁抱過他無數次的有著一股暖香氣味的媽媽，她翠綠的耳環吸盡髮絲光澤，胸前的玉佩靜臥在閃著亮麗金蔥線的衣料上，雪白的頸項不再有脈動，她生前不曾有過，但是觀戲時欽羨過的打扮，即將和她一起歸於塵土。葬儀社兩名壯漢爲媽媽蓋棺，爸爸要孩子們握住棺蓋的邊緣，他的手一觸到蓋緣就用力推了一下，其中一名壯漢發現了，瞪了他一眼，將那棺蓋矯正，牢牢的扣在棺木上。

姨婆兩隻眼睛像探照燈一樣望著他，他以爲自己又變成在無數個夜晚蒙在棉被裡回想媽媽面容的小學四年級學生。

「是你媽媽吧？」姨婆的眼神暗示這是唯一的答案。

「她不希望你們在一起。」姨婆說。

「問她爲什麼？」女朋友說得太急，聲音突然變得十分尖銳。他感到耳朵癢了起來。

「問過了，她不說，她是個安靜的婦人。」

是的，媽媽一向沉默寡言，除了日常的叮嚀外，他已忘了她曾經跟他說過什麼不尋常的動人之言，在她爲別的男人殉情後，爸爸翻遍了家裡每一個可能藏著書信的地方，翻不出她的遺言。爸爸坐在媽媽常坐的一把椅子上哭泣，那種沉悶壓抑的哭聲，一直在他的血液裡蔓延，隨著年齡成長，變成根深柢固，每次想起爸爸，就同時看到那把陳舊的坐椅上，一個哭泣的男人。直到他來台北，仍不能脫離那個椅上哭泣男人的身影，他在台北一個工作換過一個工作，雖然覺得有點無根的感覺，可是多年來也貸款買了間小公寓，算是生根了，老家沒有母親就覺缺少了溫暖，男人哭泣的背影使家有點淒涼的況味，他是不要回家了，在台北總有些熱鬧的燈影流光，有足夠的人氣。

他覺得姨婆和他女朋友都很荒謬，不答應結婚的是他，和他已死的媽媽有什麼關係。女朋友以哀傷的眼神望著他，嘆口氣說：「她一定是捨不得把這個兒子給我。」她接過姨婆遞來的銀錠，一一投入客廳中央烈火倏起的金爐裡。

「多燒些，才能化冤得福。」姨婆建議，女朋友認眞的把桌上的銀錠金箔全燒了。他盯著熊熊烈火，身體感到刑求般的烘熱。在火燼餘灰中，他走下樓，不確定灑在身上的陽光溫度是不是平時他喜歡的那種溫度。

女朋友喘吁吁追過來，拉著他的手臂啼哭，「原來是你的媽媽在左右你，你才不肯跟我結婚。」

如果逼婚不算是個缺點，女朋友其實滿討人喜歡，她總是把自己打扮得整齊乾淨，從來不發脾氣，雖然因過度迷信而失去自信，但只要在他身旁像隻溫和的貓，他倒也不在乎一個女人因缺乏自信而依賴男人，畢竟收養不同性格的貓並不悖離收藏的嗜好。但逼婚一旦形成，就像雪中執弓刀，嚴寒已不勝，欲逃也蹣跚，最後只得生死決裂。他不想兩人關係決裂如訣別，多少人是一分手就此生永不見面，所以即使不願結婚也儘量延宕著。

女朋友閉上眼睛，想集中精神期待圖象的出現。在機車引擎的尖銳聲中，她說：「她是你幾世前的情人，這世當了你的母親，不肯你娶我。」他將她推到路邊，躲過一部急促擦身而過的機車。

「走在路上，永遠要張開眼睛，懂不懂？」

他又聽到女朋友在低泣，在那一刻，他有點衝動想去法院登記結婚，哭泣對他是種譴責，在衝動的當時，一股理智提醒他，受譴責時做出來的決定往往要後悔的。他帶她過了好幾個紅綠燈，買了一客冰淇淋給她，等她淚收乾了，他親了她嘴唇一下，嚐到她嘴邊黏膩的甜味。女朋友拿出面紙擦掉他留在她唇上的口水，問他：「你還是不結婚？」

「妳為什麼非結婚不可？」

「我們前世既做不成夫妻，這世相遇了，當然是來償這姻緣的。否則我們怎會一個從南部來，一個從東部來，就這麼巧的在台北相遇。」

他覺得腦子簡直要爆炸，彷彿跟一個陰魂走在一起。在姨婆那裡，媽媽的幻影曾經讓他對虛實空間有點疑惑，可是這一刻，馬路上喧騰的車聲刺激他每一條神經，幻影融蝕在喧騰之中，他寧可相信葬儀社化妝過的女屍其實都有一式的面容與裝扮，他怎麼能把自己擺在無法獲得證明的靈媒口舌前，決定要不要把往後的人生固定在一個女人的注視之下。

他在她家樓下和她道別，她們全家都遷來台北了，因為孩子們都在這裡讀書就業，兄弟姐妹湊合買了間公寓接老人家來住，她卻嫌人多，急於離開家。她說：「在城市裡有自己的家，才算城市的住民吧！」

他緊握她的手，試圖取得她的信任。她甩掉那手，重重的關上門，留給他一對發怒的眼神，他站在已關閉的門前，想像門內走進樓梯的那襲白色身影後面可能跟著無數鬼魂。門關上那一刻，他有如釋重負的感覺，第一次看見女朋友生氣，反而減輕了不答應結婚的愧疚感。

他走到繁華的街上，站在一家珠寶店的櫥窗前物色戒指，鑽石的光芒令他暈眩，他急速離開，無法解釋爲什麼會站在那裡看戒指。

女朋友沒再來電話，也沒出現在他公寓門邊。身邊少了貓的溫暖，日子也就少了某種興致，自己在土司上塗果醬，醬泥常常糊裡糊塗的溢出土司邊緣。他給她打電話，她在電話那頭用微弱的聲音拒絕來訪。

春天過去，他卻開始復甦，他身邊不乏貓，有時候他享受別的貓的溫暖時，忘記了她。有時候，他得點點身邊走失的貓。發現總是將她和鑽石、和早晨的土司聯想在一起。於是他撥了一通電話到她辦公室。她吱吱唔唔，略爲哀怨的聲音，答應他出來喝杯咖啡。

咖啡是苦的。女朋友說她結婚了。

他以爲天氣變了，雷聲驟響，以爲她會等著和他吃早晨的土司。原來有些貓是會失去耐性的。

他問她：「爲什麼結婚了？」他覺得這問題很拙，但除了問她這個外，他感到無事可做。

「我腦中出現一幅圖像，這個男人曾當過我的丈夫，這世來尋我。他讓我不必每天去車站擠公車上班，他用他的轎車送我。」

天啊！他幾乎要暈倒在桌子底下，他迅速喝完咖啡，竊喜終究沒娶這個女人。

城市的陽光很亮，總有些稀奇的事吧。他想念自己那個音樂恆常開著的小窩，在城市的陽光曬進屋裡時，聽音樂是小小市民小小的享受，他總要找到一個可以在城市住下來的理由，而且要住得很愜意，他漸漸對老家印象模糊了，也許是潛意識裡試圖抹去某些不愉快的記憶。

套房出租

姐姐是濃艷的玫瑰，
妹妹是清淡的茉莉，
她們是家裡新增的
兩株盆栽。

春臨的時候，雨絲綿密的濕潤空氣裡挾著陣陣花香，齊先生站在陽台，不斷撮起鼻尖吸聞那種潮濕不易分辨的香氣，突地一陣冷哆嗦，他打了個噴嚏，背部整個弓起來，肌肉僵直的臉站正好貼近一朵紫玫瑰。

樓下汽車咻咻的開過來又駛過去，轎車和計程車幾乎把狹窄的巷子鋪平了，他不禁想起去年這時候，妻子氣喘發作時，他打一一九叫救護車，等了四十分鐘，標示著紅十字的救護車才嗚嗚擠進巷子，人送到醫院，氣息已斷了大半，他摸著她飽滿但逐漸冷僵的肌肉，心裡重複著兩個念頭，一個是不打一一九就不必等那麼久了！另一個是，不該住在交通這麼擁擠的鬧區窄巷裡！這兩個不可原諒的錯誤像場暴風雨，刮得他蕭蕭索索的，五十剛過就當了鰥夫。

汽車沸揚起來的冷空氣，好像帶動了花粉粉飛，他又打了幾個噴嚏，他懷疑陽台上幾盆早春乍開的花朵是罪魁禍首，返身就近從工具箱拿出一把利剪，刀口卡在紫玫瑰的枝梗上，這時門鈴響了起來，齊先生顧不得盆上幾朵妍妍麗麗的花，丟下剪子去開門，剛過年，萬物復甦，一切事物都顯得有點急迫，他踢翻了一把矮凳才搆到門把。

站在走廊的是位高眺的妙齡少女，染了一頭參差膨鬆金髮，垂在肩上像頭獅子，可那眼睛水溜溜的轉動，一會兒像鷹眼尋找獵物般精亮，一會兒又像盪漾的秋波望著他，他身上的肌肉剎那間結實緊繃了起來。

女郎柔軟的聲音問：這兒是不是有套房出租？

女郎的腰身瘦得好似折一折就會斷裂，一條墨綠長裙遮到腳踝，露出十指塗了鮮綠指甲油的腳指頭，整個人就像一截瘦長的綠竹，就胸部異常突出，使人懷疑這高人一等的酥胸就是她過日子的本錢。

他掐彎了十根手指頭，忘了她剛才問什麼，倒記著要去剪那幾朵紫玫瑰。

女郎轉身下樓，從轉彎處丟過來一句話：收收你的眼光吧！霎時像隻驚慌的鳥雀奔下樓去。他在這裡住了二十幾年，從來沒見過一個女人可以像她一樣以迅雷般的速度消失在樓梯轉彎處，一年前送妻子入救護車時，他扶她，兩人還差點摔在轉彎處，即使樓上下來的女士，提著菜籃或牽著孩子去上學，身影一階一階消失，從來不會像鳥一樣飛走。他只好把門關上，僵硬的手肘肌肉，使他有點難堪，只不過是第一個上門的女房客，就令他血脈噴張了，他跌坐在沙發上，考慮把社區布告欄的套房出租訊息撕掉。就讓家裡空著點吧，讓風在家裡兜著，一陣來一陣去的，或許也不壞吧。

沙發有點軟，挾著濕氣的涼風從陽台灌進來，他剛才急著開門忘了把陽台的門關上，這股風拂得他昏昏欲睡，逐漸鼻息重了，靠著沙發軟背，做了個夢，夢見一屋子的人，穿紅戴綠的，個個伸出手來向他討紅包，驚得他睜開眼來，迎了滿面涼風。站起來把陽台的門關緊，搓溫了雙手，從書桌的抽屜拿出紅紙，裁了十公分大小，攤平在桌面，右邊一枝前晚擱在那裡未乾的毛筆，抽去筆套，蘸了硯上香味猶存的墨水，工工整整寫了幾個大字：套房出租，限女性，無炊。後面再加上連絡電話地址等。如此寫了十張，背面貼上雙面膠，就下樓去，沿著巷子，凡看到布告欄就往上貼一張，一直到大馬路的傳統市場和超級市場門口，都貼上了他的墨寶，夾在一堆電腦列印的啓事間，格外顯眼，他以爲當一切事物都變了時，不變的就顯得彌足珍貴，他最自豪的就是一手好字。

實在他也說不上來，爲什麼套房一般都限定女性租賃，好像女性愛乾淨，不會把房子弄得烏煙瘴氣。反正隨俗總有點道理。心裡是這麼想著，總覺得那裡不對勁，腦子裡不斷描摹女房客的樣子，肌肉又僵得快繃裂開來，只好小跑步讓肌肉放鬆，跑到家，傘下的兩截褲管濕漉漉的，像從一場爛泥裡滾回來。

陸續來看套房的人不少，那本來是他和妻子的房間，改裝後，換了新壁紙新床套，感覺就像另一個毫不相干的房間，他自己退到另一間單人房，還有一間保留給在美國讀書的一對姐妹，要不是爲了兩個女兒的學費，他倒不必非得把套房租出去，他的薪水都給了女兒，房租反而成了自己的補貼，其實也是可有可無，許是害怕家裡太冷清了。

星期天看套房的人多些，連續來了四位，前兩位是女學生，嫌租金貴，他說：鬧區地段，再便宜的沒有了。女學生賞了他一對白眼，他聽到她們在樓梯轉角處嘀咕：誰要跟一個禿頭的老頭子住一起。

那下午他翻出了一頂呢帽戴在頭頂上，這個得自父親的不太光彩的遺傳使他極力避免照鏡子，中藥又吃又抹，毛髮卻越掉越多，就吃虧在這裡，他想，難怪以女主管居多的公司部門，他老是無法升遷，二線主管當了十幾年就卡住了，以前手下職員已經當了公司總經理，想起來眞是人事滄桑。他嘆了一口氣，歪斜在沙發上，百無聊賴的等著租屋的電話鈴聲和門鈴聲。

是一個下班後的晚上，一對姐妹來租房子，他的生活好像在剎時間照過來一道光，暖和明亮不生瘡的，潮濕的感覺都驅除了。姐妹在三十歲以下，幾年前就從南部上來台北過大都會生活，姐姐精明幹練，白天在貿易公司當秘書，晚上總有個時段坐在客廳看日劇，一邊還爲他煮甜品點心，膩嘴膩舌的挑起他的談興；妹妹作息顚倒，每天約莫睡到中午，蒼白的臉上掛著太陽眼鏡出門，右肩背著大包包，把她嶙瘦的身子襯得更加細長，有時他下班回來，她已經換好便服，坐在陽台抽菸，他總會多看她兩眼，她沈默的對他微笑，就轉頭對著陽台外的空氣舌雲吐霧，有時過了晚上十二點了，仍不見她進門。租房子的時候，姐姐說：我妹妹是藝術家，她常去畫室畫畫。這樣單純清秀的一對姐妹花，差異的個性對他而言，反而是種刺激，姐姐是濃豔的玫瑰，妹妹是清淡的茉莉，她們是家裡新增的兩株盆栽。

兩姐妹喜歡的半夜洗澡，他在房裡的任何角落都可以感覺到套房內浴室的水流滑過她們細嫩的肌膚，由彌漫的香水氣味，他可以判斷是姐姐或妹妹剛洗過澡。他養成看晚間新聞的習慣，香水味飄過來時，他覺得自己像頭老驥，蹲伏在和年齡一樣腐舊的廄裡，瞪著過於豐盛的秣草，連前腿也無法蹬到草旁。姐姐穿著開襟連身睡衣走過廚房，從冰箱帶走一瓶礦泉水或水果，新聞主播在螢幕裡對他瞪著沒有喜怒哀樂的大眼，姐姐走進套房，亮光絲質睡衣貼出小腹與大腿間優美弧線，姐姐關上套房房門時嬌柔的一聲：伯伯，晚安。一天落幕。然後，他在床上有點輾轉反側，盯著天花板數羊，隔天醒來，總有點恍惚，可那恍惚中，有著甜蜜的滋味。

妹妹不知是菸抽多了，或者對花粉過敏，坐在陽台時就咳個不停，他勸她：進來吧，裡頭暖和。那妹妹只淺淺一笑，身子動也不動，懶懶的倚在椅背上。那份慵懶好像畫幅上春怨少婦，看得他心疼不已，便也捨不得多勸她了。小美人只跟他說過一句話。伯伯，您頭上怎麼老戴一頂呢帽？他更加的連睡覺也不肯取下那帽子了。

有天他陪姐姐看日劇，房裡妹妹咳得喘吁吁，姐姐臉色倉皇進了房間後，又倉皇著臉跑來，說：伯伯，我要送妹妹去醫院急診，她咳得走不動了。

他倏地想起亡妻赴醫那幕，連忙說：別叫一一九，別等救護車，直接搭計程車才快呀！

他快速到巷口攔了計程車，欲送姐妹到醫院，姐姐不給送，他只好回家枯等著，一年前妻子躺在救護車裡，忍受車子搖搖晃衝過車陣的痛苦表情，像蟲子一樣啃得他心絞痛，他抱胸坐著，總是抬眼盯著牆上的時鐘。兩小時後，姐妹帶回一大包藥。是肺炎。姐姐說。

那要多休息，不要抽菸了。他勸妹妹。

是呀，我得休假照顧她幾天。姐姐說。

兩天、三天過去，姐妹倆天天在家，他下班回來，姐姐已為他準備了菜飯，熱騰騰的，他的心思就跟著熱氣騰繞，幾次看著姐姐，竟有些靦腆。

第四天他下班回來，冷鍋冷灶，套房門戶洞開，他走入一看，空盪盪的，走到自己房間，矮櫃的鎖給敲開了，存摺和印章及密碼單都不見了，姐妹唯一留下的，是擺在廚房桌上的一大包藥袋，他湊近一瞧，原來是藥房的袋子，裡面塞了一團棉花和一瓶綜合維他命。打電話去姐姐的公司，那邊說，從來沒有這個人。他坐在地板上，楞了一會兒，癡笑了起來，取下呢帽，摸摸光滑的頭頂，覺得自己還滿聰明的，定存單都放在銀行保險箱，這件事總算做對了。

春天快過去了，陽台上的紫玫瑰仍然開不停，常令他流鼻水打噴嚏，咦，早春的時候就想剪去花朵，怎麼這幾盆花還開個不停，他拿出利剪，把花都剪禿了。

他坐在桌前，筆墨硯台都搬出來，又寫了十張紅色布告紙，寫的是：

套房出租，限男性，無炊。

當代名家

台北車站

2021年1月二版　　定價：新臺幣240元

著　　者　蔡　素　芬
責任編輯　顏　艾　琳
校 對 者　王　景　平

出 版 者　聯經出版事業股份有限公司
地　　址　新北市汐止區大同路一段369號1樓
叢書主編電話　(02)86925588轉5305
台北聯經書房　台北市新生南路三段94號
電　　話　(02)23620308
台中分公司　台中市北區崇德路一段198號
暨門市電話　(04)22312023
台中電子信箱　e-mail：linking2@ms42.hinet.net
郵政劃撥帳戶第0100559-3號
郵撥電話　(02)23620308
印 刷 者　世和印製企業有限公司
總 經 銷　聯合發行股份有限公司
發 行 所　新北市新店區寶橋路235巷6弄6號2F
電　　話　(02)29178022

副總編輯　陳　逸　華
總 編 輯　涂　豐　恩
總 經 理　陳　芝　宇
社　　長　羅　國　俊
發 行 人　林　載　爵

行政院新聞局出版事業登記證局版臺業字第0130號

本書如有缺頁，破損，倒裝請寄回台北聯經書房更換。　ISBN 978-957-08-5688-0 (平裝)
聯經網址 http://www.linkingbooks.com.tw
電子信箱 e-mail:linking@udngroup.com

國家圖書館出版品預行編目資料

台北車站 / 蔡素芬著．二版．新北市．聯經．
2021.01．168面．14.8×21公分．(當代名家)
ISBN 978-957-08-5688-0 (平裝)
[2021年1月二版]

863.57 109021361